BRUTALE VERBINDUNG

LEE SAVINO

TABITHA BLACK

BRUTALE VERBINDUNG

Planet der Könige
Buch 1
Von
Lee Savino & Tabitha Black

***

In der einen Minute bin ich auf dem Heimweg von einem Nachtclub – und im nächsten Moment erwache ich in einem Käfig.

Entführt von Aliens.
Ausgeliefert an eine außerirdische Rasse. Auf einer Auktion ausgestellt. Doch anstatt an den Höchstbietenden verkauft zu werden, werde ich von dem Brutalsten unter ihnen der Gefahr entrissen: dem größten und schlimmsten Tyrannen im ganzen Universum.

Aber es bedeutet keine Erlösung. Mein Retter macht mir klar, dass er für meine Befreiung eine Gegenleistung will ...

... eine Omega.

Mich.

ERSTES KAPITEL

Emma

„Es muss da drauf sein. Bitte schauen Sie noch einmal nach.“ Ich hasse den weinerlichen Klang meiner Stimme, aber in diesem Stadium ist es unmöglich, nicht zu jammern.

Die buschigen Augenbrauen des Türstehers treffen sich fast in der Mitte, als er erst auf sein Klemmbrett und dann auf mich starrt. „Tut mir leid“, entgegnet er unwirsch. „Hier ist keine Emma Turpin aufgeführt.“

Dieses Arschloch! Er hat es versprochen! Ein Windstoß droht, meinen winzigen Rock anzuheben, und ich schiebe ihn mit einer Hand verzweifelt über den Hintern, während ich mit der anderen meine Tasche umklammere. „James Macklemoore. Er sagte, er würde mich auf die Liste setzen lassen. Kennen Sie ihn? Er hat mir gesagt, ich solle heute Abend herkommen ...“

„Wenn Sie nicht auf der Liste stehen“, beugt sich der Türsteher zu mir vor, seine wachsende Ungeduld ist offensichtlich, „dann stehen Sie nicht auf der Liste. Also kommen Sie nicht rein. Nur mit Einladung." Er hebt seinen großen Kopf, sodass ich einen guten Blick auf seinen breiten, fleckigen Hals habe, und wendet sich bereits an die Frau hinter mir. „Der Nächste!"

„Was soll ich denn jetzt machen?", meckere ich.

Der Türsteher dreht sich wieder mir zu, wenngleich die Lady hinter mir ungeduldig schnaubt, und zuckt mit seinen riesigen Schultern. „Nach Hause gehen?", schlägt er vor.

Grandios hilfreich.

Schließlich gebe ich mich geschlagen, schlucke eine bittere Bemerkung herunter und trete aus der Schlange zur Seite, damit die nächste Anwärterin auf Einlass überprüft werden kann. Das Gebäude, das den neuesten und angesagtesten BDSM-Club diesseits von Richmond beherbergt, sieht von außen nicht nach viel aus, aber es ist in so kurzer Zeit so populär geworden, dass die Kapazität begrenzt ist und man nur noch über Beziehungen hineingelangen kann.

Deshalb habe ich mich vor Freude im Kreise gedreht, als meine Freundin Susan mir erzählte, dass sie einen Mann kennen gelernt hat, der uns reinbringen könnte.

Einen Mann, der offensichtlich gelogen hat.

Ich trete von den Türstehern einige Schritte zurück, entferne mich von dem Samtband und der Schlange der potenziellen Clubgäste. Ich brauche einen Moment zum Nachdenken, um meine Möglichkeiten abzuwägen.

Eine kühle Brise weht über mich hinweg, und ich zittere, als ich den schattigen Bürgersteig hinunterschwanke. Ich trage Absätze, die eher für das Schlafzimmer geeignet sind als für einen Spaziergang, einen Rock, der so kurz ist, dass ich mich nicht traue, mich darin zu bücken, aus Angst, mich unangebracht zu entblößen, und ein Neckholder-Top, das zwar meine Brüste schön zur Geltung bringt, aber nichts an Wärme oder Behaglichkeit bietet.

Es ist neun Uhr abends. Ich beiße die Zähne wegen der Kälte zusammen und habe bereits eine Gänsehaut.

Und ich habe mein Auto nicht dabei.

Ich hatte gehofft, mit jemandem gemeinsam den Club zu verlassen. Dazu hätte ich mir etwas Mut antrinken müssen und deshalb hatte ich beschlossen, mich mitnehmen zu lassen, anstatt selbst zu fahren. Eine Freundin hatte mir angeboten, mich auf ihrem Weg zur Arbeit hier abzusetzen - sie ist Kellnerin in einem anderen Club in der Innenstadt.

Ich hatte nicht einmal im Entferntesten daran gedacht, dass ich an der Tür abgewiesen werden könnte. Susan ist eine meiner besten Freundinnen, und sie gibt sich normalerweise nicht mit solchen Männern ab, die wir als *schlechte Typen* bezeichnen – wie Lügner, Betrüger und so weiter. Sie hatte mich gebeten, zu warten, bis sie auch einen Abend frei hat, damit wir zusammen hingehen können, aber ich, die kleine Miss Ungeduldig, musste diesen Vorschlag ablehnen, nicht wahr? Stattdessen habe ich sie gefragt, ob nicht der geheimnisvolle James dafür sorgen könnte, dass mein Name auf der Liste für Freitagabend stand.

Das ist offensichtlich nicht geschehen.

Verdammte Scheiße.

Ich fische mein Handy aus der kleinen Handtasche und überlege einen Moment lang, was ich als Nächstes tun soll. Ich habe mich schick gemacht und kann nirgendwo hingehen. Soll ich nach Hause gehen und meine Niederlage runterschlucken? Versuche ich es in einem anderen Club?

Ein neuerlicher heftiger Windstoß peitscht um meine nackten Oberschenkel, was mich erschauern und vor Kälte beinahe umkippen lässt. Scheiß drauf. Ich gehe heim.

Ich könnte einen Uber rufen, aber ich wohne nicht so weit weg und es wäre vielleicht eine gute Idee, etwas von dem Frust abzulassen, den ich momentan versuche, unter

Kontrolle zu bringen. Es gibt sogar eine Abkürzung, wenn ich durch ein paar Felder laufe.

Als ich einen Blick zurück in die Schlange werfe, sehe ich, dass die Frau, die hinter mir stand, verschwunden ist, da ihr offenbar der Zutritt zu den heiligen Hallen der Bestrafung gestattet wurde. Wahrscheinlich nippt sie gerade an ihrem ersten Drink und genießt die Wärme, die sie drinnen empfängt. Vielleicht wird sie sogar schon von einem großen, gutaussehenden Dom angequatscht, der ihr verspricht, alle möglichen köstlichen Dinge mit ihr anzustellen.

Inzwischen tropft meine Nase vor Kälte. Ich drehe mich um und mache mich auf den Weg zurück zu meiner Wohnung.

Das ist alles so typisch. Warum ich? Warum passiert so etwas immer mir?

Es ist sechs Monate her, dass Dane und ich uns getrennt haben. Mit gebrochenem Herzen über den Verlust des Mannes, den ich geliebt hatte und mit dem ich über ein Jahr lang zusammen war, hatte ich mich in meine Arbeit gestürzt und absichtlich nicht an Verabredungen, Sex, BDSM gedacht oder an irgendetwas anderes, wofür ein attraktiver männlicher Partner erforderlich ist.

Bis die blöde Susan mir von diesem dämlichen Club und diesem idiotischen James erzählte und all meine zuvor vergrabenen Sehnsüchte abermals auftauchten, bis zu dem Punkt, an dem ich dachte, ich würde durchdrehen, wenn ich nicht wieder die Arme von jemandem um mich spürte.

Oder eine Hand auf meinem Hintern.

Oder eine Zunge auf meiner ...

Als ich das erste Feld erreiche, halte ich inne, um meine hochhackigen Schuhe auszuziehen, und erschaudere bei dem eiskalten Boden unter meinen nackten Füßen. *Wenn ich nach Hause komme,* schwöre ich mir wütend, *werde ich in meinen warmen, flauschigen Einhorn-Schlafanzug schlüpfen und mir die größte Tasse heiße Schokolade machen, mit viel Sahne und vielleicht sogar Streuseln.*

Habe ich Streusel zu Hause?

Das spielt keine Rolle. Auch ohne Garnierungen hat heißer Kakao etwas Tröstliches an sich. Vor allem, wenn man ihn mit Keksen kombiniert.

Ein Vorteil, wenn man sich von jemandem trennt und sein Herz in Stücke gerissen wird, ist die unvermeidliche Appetitlosigkeit, die unweigerlich zu Gewichtsverlust führt. Jedenfalls bei mir. Ich weiß, dass andere damit unterschiedlich umgehen und Trost im Essen suchen, aber ich war nie eine dieser Frauen. Trotzdem habe ich durch die jahrelange Einnahme der Pille etwa zwanzig Pfund zugenommen und eine Nachwirkung dieser ganzen Tragödie ist, dass ich das meiste davon jetzt wieder verloren habe.

Sonst hätte ich dieses Outfit nicht anziehen können.

Würde ich mich nicht so selbst bemitleiden, könnte ich über meine derzeitige Situation lachen. Wenn ich erst einmal zu Hause bin und meine Beine nicht mehr von Schilfhalmen, sondern von einem gutaussehenden Dom gepeitscht werden, könnte ich das Ganze schon als lustig empfinden. Aber im Moment versinke ich in Selbstmitleid, und mein Elend wird noch größer, als ich mit einem *Schmatzen* aus dem Gleichgewicht gerate. Etwas ekelhaft Zähflüssiges saugt meinen nackten Fuß ein. Ich bin direkt in eine schwarze Schlammpfütze getreten.

Verdammt großartig.

Es ist zu dunkel, ich kann kaum sehen, wohin ich trete, und auf dem Boden kann ich nicht genug erkennen, um mich zurechtzufinden, also beschließe ich, einen weiteren Schritt in die kalte, schleimige Masse zu wagen.

Schlamm soll doch sowieso gut für die Haut sein, oder? Gibt es in Spas nicht auch Schlamm-Gesichtsbehandlungen?

Jetzt, da meine Füße bei jedem Schritt in den Boden

gesogen werden, geht es langsamer voran und ich bete, dass das Zeug tatsächlich Schlamm ist und nicht irgendeine Art von Tierkacke. Das wäre einfach schrecklich.

Andererseits würde kein Tier auf dieser Erde so ausgiebig kacken - es sei denn, eine ganze Herde würde sich für die gleiche Stelle entscheiden, an der sie ihre Notdurft verrichtet. Ich laufe und laufe und werde immer müder und es scheint nach wie vor kein Ende in Sicht zu sein.

Als ich mich umschaue, hat sich die ganze Landschaft um mich herum verändert - sie wird schwärzer, bedrohlicher und bedrückender.

Hier, in der Nähe einer großen Stadt, ist der Himmel normalerweise auch nachts relativ hell, aber auch das scheint sich verdüstert zu haben.

Was zum Teufel ist hier los?

Ich bleibe stehen, umklammere meine Handtasche wie zum Trost, meine nackten Füße versinken langsam im kalten, zähflüssigen Schlamm, während ich mich umschaue und versuche, mich zu orientieren.

Alles um mich herum wird einfach immer dunkler und dunkler. Als würde ich unter einer riesigen, nassen, schwarzen Decke ersticken.

Wie aus dem Nichts, als hätte es sich gerade erst daran erinnert, dass es auf diesen neuen Zustand der Angst reagieren muss, beginnt mein Herz wie verrückt zu pochen und meine Kehle fühlt sich an, als würde sie sich zuschnüren.

Na toll. Jetzt habe ich eine Panikattacke.

Mit zitternden Fingern krame ich mein Telefon aus der Handtasche. Bilde ich mir das nur ein, oder spüre ich den Schlamm nun um meine *Knöchel*? Mit einem Blick nach unten suche ich Bestätigung.

Ja, das stimmt. Ich bin definitiv am Versinken.

Ich versinke im Schlamm.

So ein Mist! Ich bin zu verängstigt, um auch nur laut zu

fluchen, werfe mein Handy zurück in die Tasche, befreie meine Füße aus dem Schlamm und renne los.

Zumindest versuche ich es. Stolpern ist eine genauere Beschreibung, während ich meine Füße durch den Morast schleife und eine Art seltsamen, umgekehrten Moonwalk veranstalte, währenddessen mein Herz beinahe den Brustkorb sprengt.

Es wird immer dunkler, als schlösse sich eine riesige, stumme Faust um mich. Ich komme nicht vorwärts. Doch was wird passieren, wenn ich aufhöre zu kämpfen?

Die Tasche noch in der einen Hand, die Schuhe in der anderen, atme ich verzweifelt die stetig dicker werdende Luft ein, rutsche andauernd aus und bewege mich in Richtung meiner Wohnung. Mein Körper ist taub. Das lange Gras schneidet an meinen nackten Beinen, der Wind peitscht durch mein Haar - aber ich spüre nichts. Die Realität entgleitet mir und hinterlässt nur dieses erstickende schwarze Nichts, das mich in einen dunklen, dichten Nebel einhüllt.

Ich kann nicht entkommen.

Mein letzter zusammenhängender Gedanke, als ich anfange, mich in matschigen Kreisen zu drehen, während sich meine Brust vor Schreck bebt, ist: *Was zum Teufel passiert mit mir?*

Dann ... nichts mehr.

ZWEITES KAPITEL

Emma

GLASSPLITTER DURCHBOHREN MEINEN SCHÄDEL. Ich kneife meine Augen vor Schmerz zusammen. Ich atme tief ein und halte inne. Die Luft ist wie Schlamm - dick, zähflüssig, stinkig. Als ob ich in einem Müllcontainer eingeschlafen wäre - nur noch schlimmer.

Wo, um Himmels willen, bin ich?

Äußerst widerwillig hebe ich meine Augenlider, atme absichtlich flach und versuche, die schneidenden Kopfschmerzen zu ignorieren.

Ich träume - na ja, ich habe einen Albtraum. Ich halluziniere, das ist es. Das ist auf keinen Fall die Realität.

Das kann nicht sein.

Ich bin in einem Käfig. Einem echten Käfig. Das düstere Licht wird von den Gitterstäben reflektiert. Das Metall unter mir schneidet in meinen nackten Hintern. Ich versuche, mich zu bewegen, und weitere Wellen der Qual durchbohren meinen Kopf. Meine Augen tränen, als ich eine Hand an die Stirn lege und wimmere.

Der Gestank dieses seltsamen Ortes ist wie ein ekelhaftes, feuchtes Tuch, das mein Gesicht bedeckt. Ich halte mir die Hand vor die Nase, meine Bewegungen sind langsam. Meine Arme schmerzen, als ob ich hundert Liegestütze gemacht hätte. Mein Magen fühlt sich auch nicht besonders gut an. Ich erinnere mich daran, dass ich immer ein paar Medikamente in meiner Tasche habe und suche danach. Sie ist nirgends zu sehen. Meine Schuhe auch nicht. Ich muss beide auf dem Weg hierher verloren haben. Mist.

Ich greife nach den Stäben, würge und keuche. Und erstarre.

Ich bin nicht allein. Um mich herum sind Formen, die man niemals als Menschen bezeichnen könnte. Kreaturen? Außerirdische? Auf jeden Fall irgendwelche Produkte meiner Fantasie. Sie grunzen einander in einer Sprache an, die ich nicht reden, geschweige denn verstehen könnte, und ich presse zitternd eine Hand auf den Mund, um den Schrei zu unterdrücken, der aus mir herauszubrechen droht.

Das ist nicht wahr. Ich habe nur einen schrecklich eindringlichen Albtraum. In einer Minute werde ich aufwachen und mich in meinem weichen, flauschigen Bett wiederfinden.

Schließlich ist das hier das richtige Leben. Ich bin auf keinen Fall wirklich in einem Käfig, der von einem halben Dutzend Dinger bewacht wird, die aussehen, als hätte sich King Kong mit einem T-Rex gepaart.

Sie sind weit über zwei Meter groß, haben riesige Körper und glitzernde, flache Schnauzen. Dichtes schwarzes Fell bedeckt ihren Rumpf und ihre Arme, während ihre unteren Hälften eher ... echsenartig wirken, mit Schuppen und dicken, langen, stumpfen Schwänzen. Ihre Arme sind recht kurz, aber ihre Finger sind mit Krallen versehen.

Ich habe noch nie etwas so Schreckliches gesehen. Nicht einmal auf einer Kinoleinwand.

Ich atme wieder tief ein und stoße ein hustendes Wimmern aus. Verdammt, diese komische Alien-Luft. Eine Faust legt sich um meine Lunge und drückt sie zusammen. Ich bekomme nicht genug Sauerstoff.

Na toll. Ich werde in einem bizarren Albtraum ersticken.

Die Kreaturen müssen mein Geräusch gehört haben. Wie ein einziges eingespieltes Team drehen sie ihre Köpfe synchron zu mir und neigen sie zur Seite wie Vögel.

Ich starre zurück. Meine Vorstellungskraft ist ziemlich beeindruckend, wenn sie sich in einem Traum so viele Details einfallen lassen kann. Die Scheusale bewegen sich mit fließender Anmut, die Schwänze zucken hinter ihnen.

Einer von ihnen grunzt einem anderen etwas zu. Der zweite geht zu einem Tisch in der Ecke und kommt mit einer riesigen Spritze in der Hand zurück.

Ich hasse Injektionen. Ich lehne sie kategorisch ab. Und zwar bereits dann, wenn sie von einem geschulten *menschlichen* Profi in einem medizinischen Umfeld zu meiner eigenen Gesundheit verabreicht werden - aber jetzt soll mir eine überdimensionale Nadel von einer schrecklichen außerirdischen Kreatur in den Arm gedrückt werden, während ich in einem Käfig gefangen bin. Ohne mich!

Meine Panik - die ohnehin schon ein mir unbekanntes Ausmaß erreicht hat - steigt weiter an.

„Nein!", schreie ich und rüttle an den Gitterstäben des Käfigs in einem erbärmlichen Versuch, was genau zu tun? Sie zu verbiegen oder herauszureißen, damit ich entkommen kann? Diese riesigen Kreaturen zu erschrecken? „Nein, bitte steck das nicht in mich rein, bitte ... Ich werde alles tun ... Ich will nur nach Hause."

Eine riesige, krallenbewehrte Hand ergreift meinen Oberarm und zerrt mich an die Gitterstäbe. Die Stärke der

Kreatur ist unbestreitbar. Wenn sie mich nicht loslässt, werde ich offenbar nirgendwo hingehen ...

Meine nackten Zehen, die noch mit getrocknetem Schlamm bedeckt sind, kratzen auf dem kalten Steinboden, während die Spritze auf meinen Hals gerichtet ist.

Warte mal kurz. Meinen Hals?

„Du steckst mir das Ding nicht in den Hals!", sage ich mit so viel Autorität, wie ich aufbringen kann. „Vergiss es. Das. Wird. Nicht. Passieren."

Das Ding grunzt, ich spüre einen scharfen Stich an der empfindlichen Stelle unter dem rechten Ohr und dann, zum zweiten Mal an diesem Abend, wird alles dunkel.

* * *

ALS ICH DIESES MAL AUFWACHE, ist der stechende Schmerz in meinem Schädel zu einem dumpfen Pochen verblasst, und ich kann leichter Luft einsaugen. Es riecht immer noch muffig und komisch, aber ich ersticke nicht jedes Mal, wenn ich versuche, die Lungen zu füllen.

Mein Nacken schmerzt und ich liege zusammengerollt zu einer kleinen Kugel in der Ecke des Käfigs. Die seltsamen Echsen-Gorilla-Kreaturen sind immer noch da und unterhalten sich in gedämpften, grunzenden Tönen miteinander.

„... wacht bald auf ..."

„... dass sie gerade noch rechtzeitig zur Auktion hier eintraf ..."

„... hoffen, dass der Übersetzerchip ihre Muttersprache erkennt und funktioniert ..."

„... so klein und zerbrechlich, bist du sicher, dass sie sie nicht kaputt machen werden?"

„... startet bald, hoffe sie wacht rechtzeitig auf ..."

Ich bin erschöpft, zu Tode erschrocken und völlig verwirrt, und es dauert einen Moment, bis ich merke, dass ich tatsächlich verstehen kann, was sie sagen. Wie das? Irgendeine seltsame außerirdische Technologie? Hat es etwas mit dem zu tun, was sie mir injiziert haben?

Meine Fingerspitze findet die Stelle an meinem Hals, wo die Nadel eingedrungen ist, und ich stupse sie an, wobei ich zusammenzucke. Direkt unter der Hautoberfläche befindet sich ein winziger Knubbel. Ein Chip? Haben diese Wichser mir tatsächlich einen Mikrochip verpasst?

Oder träume ich noch und bilde mir das alles nur ein?

Ich schlucke den Kloß in meiner Kehle herunter, nehme einen weiteren muffigen Atemzug und rufe: „Hey! Du!"

Sofort verstummen sie, und wie beim letzten Mal drehen sie alle ihre Köpfe, um mich anzuschauen.

„Du bist wach", grunzt einer von ihnen und tritt einen Schritt näher an meinen Käfig heran.

„Nicht dein Verdienst." *Ruhig, Emma, verärgere sie nicht.*

„Nicht … Verdienst?" Ein anderer der Außerirdischen neigt den Kopf und denkt über meine Aussage nach. Sie scheinen also zu verstehen, was ich sage. Mehr oder weniger.

„Es bedeutet ... ach, egal." Ich seufze. „Wer von euch ist der Anführer?"

„Anführer?" Das Wort, das die Kreatur benutzt, ist ein gutturaler Ausruf, aber ich verstehe ihn trotzdem perfekt. Das ist so seltsam.

„Ja. Wer hat das Sagen? Der Hauptmann? Chef? Boss? Sie wissen schon, der Obermotz."

Sie schauen sich alle abwechselnd an. Dann flüstert einer etwas. Er hat eine blaue Narbe über seiner Augenbraue. „Ich", sagt er in einem ungläubigen Ton.

Ich habe den Eindruck, dass es hier keine Hierarchie gibt und dass sie mir zuliebe nur so tun, als ob. Aber das ist mir egal. Ich werde nach Hause kommen, so oder so. Das ist mein einziges Ziel. „Okay, das wird schon passen", sage ich zu Blaue Braue, in einem so freundlichen Ton wie möglich. „Ich glaube, hier liegt ein Irrtum vor. Ich bin nicht dazu bestimmt, hier zu sein. Ich will nicht, dass dir etwas zustößt - und eigentlich will ich auch nicht, dass *mir* etwas zustößt - also wie wäre es, wenn du mich einfach aus diesem Käfig rauslässt und mir zeigst, wie ich nach Hause komme?"

Er tritt näher und sein Blick trifft den meinen. Seine Augen sind rund und dunkel, ein tiefer Abgrund mit silbernen Wirbeln. Hypnotisch. Ich blinzle und schaue weg. „Nein", sagt er schließlich. „Du bleibst hier. Du gehst zur Auktion. Du bist gut für Ulfarri, oder für andere Bieter."

Eine Sekunde - wie bitte? Ich bin nicht sicher, ob ich ihn richtig verstanden habe. „Auktion?", wiederhole ich langsam.

„Ja. Sklavinnen. Du wirst bald läufig, gut für Alphas zum Paaren. Alphas zahlen gut für eine passende Partnerin."

Ich nehme mir einen Moment Zeit, um diese Absurdität zu verarbeiten. *Also, damit ich das korrekt verstehe. Im Laufe eines Freitagabends wurde mir der Zutritt zu einem Kink-Club verweigert, ich wurde an der Tür abgewiesen und bin dann durch ein schlammiges Wurmloch in eine andere Dimension gefallen? Oder Galaxie? Jedenfalls irgendetwas Außerirdisches. Schließlich hat man mich in einen Käfig gesperrt, mir wurde gegen meinen Willen Gott-weiß-was injiziert (auch wenn wir bereits festgestellt haben, dass es sich um eine Art Mikrochip und eine Übersetzungssoftware handelt), und jetzt wollen sie mich als Sexsklavin an einen sogenannten Alpha versteigern?*

Ja ... das wird ganz sicher nicht passieren.

Niemals.

Dann dringt ein weiterer Teil seiner Aussage durch den verwirrenden Dunst meiner rasenden Gedanken.

„Warte mal kurz. Hast du gesagt, dass ich bald läufig werde?", frage ich und bin erstaunt, wie ruhig und rational meine Stimme klingt, auch wenn ich nicht glauben kann, dass ich dieses Gespräch überhaupt führe.

Blaue Braue nickt. „Du kommst in die Brunst und bist

verrückt nach Alpha. Macht Alpha verrückt nach dir. Du wirst dich paaren. Ihr werdet euch fortpflanzen."

„Ach ja, wirklich?" Meine linke Augenbraue ist zu diesem Zeitpunkt so weit oben auf meiner Stirn, dass sie fast den Haaransatz berührt. „Das glaube ich nicht ... Wie heißt du denn? Bist du Ulfarri?"

Das bringt die anderen Kreaturen dazu, eine Reihe von Krächzlauten auszustoßen, ein abscheuliches, gutturales Lachen. Zumindest nehme ich an, dass das, was sie von sich geben, Heiterkeit demonstriert.

Blaue Braue schüttelt den Kopf. „Wir Ogsul, nicht Ulfarri. Ulfarri sind Brutalos. Jeder hat Angst vor Ulfarri. Aber mach dir keine Sorgen. Sie sind freundlich zu ihren Gefährtinnen."

„Natürlich sind sie das", murmle ich vor mich hin. „Das sind immerhin keine Menschen-Männer."

Wenngleich diese kleine Ironie über die Köpfe der versammelten Kreaturen hinweggefegt ist, finde ich es doch tröstlich, dass ich trotz dieser schrecklichen Situation meinen Sinn für Humor bewahrt habe.

Ehrlich gesagt, habe ich im Moment auch nicht viel anderes.

„Aber nicht nur Ulfarri auf der Auktion", fährt Blaue Braue fort. „Andere ebenso. Der Höchstbietende wird gewinnen. Vielleicht hast du Glück. Vielleicht wirst du nicht von Ulfarri genommen."

„Ulfarri paaren sich oft", grunzt eine andere der Kreaturen. *Juhu. Geplauder aus dem Nähkästchen.* Ich verkneife mir einen Seufzer, als er fortfährt. „Paaren sich mit vielen Weibchen. Nehmen gerne Sexsklavinnen. Machen sie kaputt."

„Ich verstehe." In meiner Stimme liegt tatsächlich ein Hauch von Langeweile. Ich bin überlastet. Ich kann das alles nicht ernst nehmen. Wenn ich das tue, werde ich ausflippen. Und mir fehlt die Energie für einen kompletten Zusammenbruch. Das ist alles so absurd und so Lichtjahre von der

Realität entfernt, dass es unmöglich wahr sein kann. Oder sogar tatsächlich passieren kann.

In der Gewissheit, dass ich jeden Moment aufwachen werde, kann ich meine innere Kratzbürste zum Vorschein bringen. Diese Dinger haben mich offenbar entführt. Ich kann nicht kämpfen, aber ich kann sie anpöbeln.

Aber das scheint sie nicht sonderlich zu stören. Das ist umso bedauerlicher.

Ich gehe in die Hocke und mein Oberteil rutscht herunter, sodass mehr von meiner Brust zu sehen ist. Ich versuche, mich zu bedecken, aber meine Kleidung ist zerrissen, schmutzig und generell völlig ruiniert. „Hast du etwas anderes zum Anziehen für mich?“, frage ich Blaue Braue. „Wer würde auf mich bieten wollen, wenn ich so angezogen bin?“ Nicht, dass ich möchte, dass jemand auf mich bietet, aber ich möchte wissen, was er erwidern wird.

Blaue Braue zuckt mit den Schultern. „Bieter interessieren sich nicht für ... Kleidung.“ Sein Mund klafft zu dem wohl hässlichsten Lächeln des bekannten Universums auf und enthüllt seltsame, eckige Zähne. „Mach dir keine Sorgen. Du wirst sehr, sehr bald nackt sein.“ Sein stinkender Atem trifft mein Gesicht und meine rosarote Brille zerbricht.

Ich klammere mich an mein ruiniertes Oberteil, mein Magen krampft. „Was?“

„Ja.“ Blaue Braue nickt. „So lange wartest du, Omega.“

Omega?

„Ich weiß nicht, wovon du sprichst.“ Ich presse die Worte heraus, obwohl meine Kehle schmerzhaft zusammengeschnürt ist. „Das muss ein Irrtum sein. Ich bin ein Mensch.“

„Ja. Mee-Nsch. Und jetzt Omega. Zum Ficken gemacht.“ Er gestikuliert an meinem Körper. Ich merke, dass ich zittere.

Wie?

„Du kommst bald in die Brunst. Alpha wittert dich. Paart sich. Verknotet sich mit dir."

Mit mir verknoten? Was meint er damit? „Das ist nicht, ich bin nicht ...", stottere ich.

„Das bist du jetzt. Omega." Blaue Braue starrt mich an, aber ich bringe es nicht über mich, weitere Fragen zu stellen. Ich schlage meine Hand auf meinen Mund. Wenn ich mich jetzt übergebe, werde ich die schmutzigen Sachen tragen müssen. Wobei ... nicht, dass ich etwas im Magen hätte.

Ich will einfach nur in mein Bett, zu Hause, allein. „Wach auf, Emma", murmle ich. „Bitte, bitte wach auf."

Es gibt ein schreckliches knirschendes Geräusch von Metall, das über Metall schabt, und ich zucke zusammen. Eine der anderen Kreaturen schließt den Käfig auf.

„Es ist soweit, Omega", informiert mich Blaue Braue und seine langen Zähne blitzen im schwachen Licht. „Du gehst zur Auktion."

DRITTES KAPITEL

Khan

Raumhäfen sondern immer einen intensiven Gestank ab – das Ergebnis von so vielen Spezies, die auf engem Raum zusammengepfercht sind. Ich halte den Atem an gegen den abgestandenen Dunst der recycelten Luft, während ich mir den Weg durch die düsteren Korridore meines Schiffs zu dem dunklen Wirtshaus bahne. Erst als ich mich an einem Tisch niedergelassen habe, ziehe ich meine Kapuze zurecht und atme vorsichtig ein. Der Wirrwarr an Gerüchen ist nicht immer unangenehm. Es sind nur zu viele davon auf einmal. Kein Wunder, dass meine Alphakollegen unseren Heimatplaneten der Raumfahrt vorziehen.

Heute riecht die Luft nach dem schweren Moschus der Ogsul, der Reptilienart, die die Auktion leitet. Es gibt eine Million von ihnen, die in diesem Raumhafen herumschleichen. Ein Buruwr, ein riesiges, gallertartiges Ungetüm, das in seiner eigenen Schleimspur direkt vor der Auktionsbühne sitzt, sondert einen Hauch von Schwefel ab. Doch unter dem überwältigenden Miasma der Gerüche liegt ein zarter Duft. Wohlriechend. Blumig. Leicht moschusartig.

Das Wirtshaus ist voller fremder Kreaturen, allerdings keine Spur davon, was einen solch erstaunlichen Duft erzeugen könnte. Der Duft wird immer stärker, als hätte jemand den Raum mit einem Blumenmeer gefüllt. Aber es ist keine Blume, es ist ein Weibchen. Es gibt Gerüchte über eine besondere Frau, die auf dem Raumhafen zu finden ist. Das ist der Grund, warum ich hier bin.

Der Hocker knarzt unter mir, als ich mein Gewicht verlagere. Ein paar Kreaturen blicken in meine Richtung und wenden ihre Augen von mir ab. Niemand will die Aufmerksamkeit eines Ulfarri-Alpha erregen.

Ich klopfe auf den winzigen Tisch und nach einer Minute stapft ein widerwilliger Ogsul mit einem Getränk für mich durch den Raum.

„Oh, Brutaler." Der Ogsul verbeugt sich und stellt das rauchende Gefäß mit dem von mir bevorzugten fermentierten Getränk auf den Tisch neben mir. Ich schnuppere an der öligen Flüssigkeit, rühre sie aber nicht an.

„Warte", knurre ich. Ein Zittern läuft von seinem geschuppten Schwanz bis zu seinen haarigen Schultern, doch der Ogsul bleibt stehen. „Erzähl mir von der Auktion."

Eine Pause. Ich muss nicht verhandeln oder drohen. Als Alpha eilt mir mein Ruf voraus. Man nennt uns nicht umsonst die Brutalen.

„Tut mir leid", sagt der Ogsul. „Ich hole meinen Boss." Und er huscht davon.

Ich lehne mich auf dem Hocker zurück. Der Honigduft wird schwerer, süßer. Meine Eckzähne schmerzen und mein eigener reichhaltiger Duft wird als Reaktion darauf stärker.

Vielleicht sind die Gerüchte wahr. Vielleicht sind meine Reisen durch die Galaxien endlich von Erfolg gekrönt. Vielleicht ist die Zeit für mich gekommen, das zu finden, wonach ich mein ganzes Leben lang gesucht habe, wofür jeder Alpha töten würde: eine Omega.

„Oh, Brutaler." Ein weiterer Ogsul, diesmal größer und mit hervorquellenden Augen, erscheint an meinem Tisch. Er zittert nicht, sondern bleibt einige Längen entfernt starr stehen. Ich winke, und er macht einen kleinen Schritt auf mich zu.

Nah genug. Ich beuge mich vor, halte mein Gesicht im Schatten und meine Stimme leise. „Haben Sie das Weibchen?"

Die dichten schwarzen Haare auf seinen Armen stellen sich auf. „Wir haben viele Weibchen. Zur Versteigerung." Sein stämmiger Arm deutet auf die Bühne.

„Aber die ..." Wenn ich das Wort *Omega* erwähne, könnte ich es genauso gut rausbrüllen. „Ich habe gehört, ihr habt etwas, das ich besitzen will", murmle ich.

Vor mir zu meiner Rechten zittert der riesige, schneckenartige Buruwr, aus dem noch mehr bitter riechender Schleim auf den Boden tropft. Kreaturen aus dem ganzen Universum würden Unmengen dafür bezahlen, ihren Samen in den duftenden, heiligen Schoß einer Omega zu pflanzen. Wenn der Buruwr den Zuschlag erhält, wird er sich nehmen, was mir gehört.

Er wird nicht gewinnen. Ich lasse die Hand nach unten gleiten und streiche über die Kurve meines verborgenen Krummsäbels.

„Es gibt Gerüchte, dass du gefunden hast, was ich suche. Ich bin hier und ich bin bereit zu zahlen."

Die Kehle der Kreatur vibriert, seine raue schuppige Haut verströmt einen bitteren Geruch. Doch als ich einen Beutel mit Münzen auf den Tisch lege, treten seine Augen noch weiter hervor.

„Ja", sagt der Ogsul und wippt mit dem Kopf. „Eine Omega."

„Ihr habt eine?“ Ich vergesse mich völlig, und mir entweicht ein Knurren. Der Ogsul springt ein ganzes Stück zurück, schneller, als sich eine so massige Kreatur bewegen sollte. Ich schließe die Faust um den Griff meines Krummsäbels. „Wo ist die Omega? Sag es mir, sofort!“ Ich habe lange Zeit überall nach einem Weibchen gesucht, das die Omegas meiner Art angemessen ersetzen kann. Bislang ohne Erfolg.

„Wir bereiten sie vor. Für die Auktion.“

„Ist sie eine Ulfarri?“

„Nein, oh, Brutaler.“

Verdammt. Wahrscheinlich eine potthässliche Kreatur. Aber eine Gebärmutter ist eine Gebärmutter. Und ich will Erben.

„Wir haben ein Serum“, quiekt er. „Wir haben ein Geschöpf gefunden, das das Omega-Serum aufnehmen kann.“

Interessant. Ich muss mehr über dieses Serum erfahren. Doch zuerst ... „Beschreib das Geschöpf.“

„Es heißt *Mee-Nsch.*“ Der Ogsul holt ein Holopad heraus und zeigt mir ein schemenhaftes Bild. Es ist nicht viel zu sehen, außer einem kleinen, verängstigten Gesicht, das von einer Masse goldener Haare umgeben ist und zwischen den Gitterstäben eines Käfigs hervorschaut. Blasse Haut lugt unter zerfetzter Kleidung hervor.

„Schwächlich“, höhne ich. „Das wird mich nicht befriedigen.“ Ich weiß es nicht genau. Ich werde es nicht wissen, bis ich mit ihr in einem Raum bin. Und wenn sie eine Omega ist ...

„Sie ist empfindungsfähig“, sagt der Ogsul zu mir. Er macht einen Schritt nach vorne und scheint in seinem Eifer, ein Geschäft zu machen, seine Angst zu überwinden. „Hübsch. Sie wird Euch nicht enttäuschen.“

„Gut.“ Ich tue so, als ob ich mich langweile. „Zeig sie mir.“

Der Ogsul schluckt sichtbar, bevor er antwortet. „Die Versteigerung beginnt bald."

Ich knurre erneut und das leise Gemurmel im Keller ist wie fortgeblasen. „Ich möchte nicht an einer Auktion teilnehmen", sage ich in die Stille hinein.

„Viele Kreaturen sind hier, um Mee-Nsch zu sehen."

Mee-Nsch. Ich drehe meine Zunge um das Fremdwort. Das ist eine weitere Sackgasse. „Sehr gut." Ich winke mit der Hand, und der Ogsul verbeugt sich immer wieder und wieder, während er sich zurückzieht. Als hätte ich ihm einen Gefallen getan. Was ich auch habe. Vielleicht werde ich heute niemanden mehr töten.

Ein leises Knurren vibriert in meiner Kehle. Meine Hand verkrampft sich um den Griff der Klinge. Ich bin stolz auf die Selbstbeherrschung, doch es gibt eine Situation, in der auch ein Alpha Schwierigkeiten hat, die Kontrolle zu behalten: die Brunst. Wenn wir brünftig sind, wenn wir eine süße kleine Omega in der Nähe wittern, sind selbst die mächtigsten Alphas kopflos.

Und ich bin so mächtig wie kein anderer. Ich habe Frauen jeder Größe, Form und Spezies gefickt und die meisten genossen, aber es gibt einen Typ, der mir bisher entgangen ist.

Die heilige Omega.

Meine Schicksalsgefährtin. Die eine Frau, die zu ficken ich geboren wurde.

Könnte dieser Mee-Nsch wirklich eine Omega sein?

Ich lecke mir über die Lippen. Der parfümierte Duft ist jetzt intensiver. Immer noch zart und süß, aber er wird ausgeprägter. Ist das der Mee-Nsch? Mein Schwanz ist wach und pocht in der Hose.

Das Wirtshaus ist mittlerweile fast voll. Die Kreaturen stehen zwischen den Tischen und blicken auf die Bühne. Sie sind gekommen, um die hübschen Sklavinnen aller Arten zu bestaunen, die mit Übersetzungschips ausgestattet sind, die es ihnen ermöglichen, jede der bekannten Sprachen zu verstehen und zu sprechen, unabhängig von ihrer eigenen Herkunft.

Die Ogsul sind ein seltsamer Haufen, doch sie halten eine gute Auktion ab. Ich habe Gerüchte gehört, dass sie ein Serum besitzen, das Omegas erzeugen kann, aber das wurde erst jetzt bestätigt. Die letzten Omegas verschwanden vor einer Generation auf Ulfaria. Wenn ich eine finden kann ... dann kann ich sie züchten.

Der Mee-Nsch war auf dem Bild ein blasses, zerbrechlich aussehendes Ding, wenn sie jedoch ein solches Parfüm produziert, werde ich sie kaufen. Und wenn jemand versucht, höher zu bieten, werde ich ihm zeigen, warum meine Spezies, die Ulfarri, die Brutalen genannt werden.

Vielleicht wird diese Nacht vielversprechender, als ich dachte.

Ich stehe auf, stelle mich in den Schatten und lehne mich mit verschränkten Armen an die Wand. Ich bin groß genug, um über die Köpfe der anderen versammelten Männchen im Raum hinwegzusehen. Den stinkenden Männchen nach zu urteilen, die sich hier drängen, sind die unterschiedlichsten Spezies gekommen, um ein Weibchen zu kaufen. Die kleinen, grausamen Rheeza, mit ihren gehörnten Schädeln und spitzen Nasen. Die sanftmütigen, beinah schmerzhaft schüchternen Alags mit ihren vier Armen und ihrer violetten Haut. In der Ecke kauert ein seltener Haggat. Sein drittes Auge ist so blass, dass es fast durchsichtig wirkt, und blickt auf die versammelte Schar von Männchen, die alle verzweifelt nach einem Omega-Weibchen suchen.

Im Vergleich zu mir sind sie alle Schwächlinge. Verglichen mit dem Alpha. Ich habe bereits Mitleid mit den Weibchen, die sie kaufen werden. Diejenige, die ich auswähle - falls ich den Mee-Nsch für würdig befinde -, sollte dankbar sein, dass sie einem weitaus schlimmeren Schicksal entgangen ist.

Es gibt ein Kreischen, dann ein Knistern und anschließend stapft einer der Ogsul auf die Bühne. Er hält ein Mikrofon in der Hand und sieht sehr zufrieden mit sich selbst aus.

„Meine Herren, danke, dass Ihr so weit gereist seid", beginnt er in seiner trägen, gutturalen Sprache. Er scheint ein viel breiteres Vokabular zu haben als die meisten Ogsul, denen ich bisher begegnet bin. „Wie immer haben wir eine große Auswahl an Frauen für Euch, also seid bitte großzügig mit den Geboten." Er zögert, dann summt er und beugt sich vor. „Ich freue mich besonders, Ihnen mitteilen zu können, dass wir heute Abend eine der seltensten Frauen im Angebot haben." Er macht erneut eine Pause, bevor er fortfährt. „Eine Omega."

Ein aufgeregtes Summen geht durch den Raum und ich weiß, dass alle anderen Männer dasselbe denken wie ich:

Die Omega wird mein sein.

Der üble Gestank im Raum verdichtet sich, als sich Dutzende von Männern nach vorne beugen, um einen Blick auf die erste zum Verkauf stehende Sklavin zu erhaschen. Ich stecke meinen Kopf noch tiefer in die Kapuze, um mich ein wenig von der Mischung aus Schweiß und Testosteron zu erholen. Keine Spur von dem süßen Blumenduft von vorhin, perfekter Honigduft, der wie Sonnenlicht auf meiner Zunge tanzt. Verflucht sei mein empfindlicher Geruchssinn. Ich hätte eine Atemmaske mitnehmen sollen. Ulf sei Dank, dass ich nicht in der Brunft bin, sonst würde ich jetzt schon würgen.

„Die erste Frau im Angebot ist Nummer 327, eine schüchterne kleine Tyreen!"

Ein tiefes Grollen von gesenkten Stimmen ertönt, als die vor Angst wie versteinerte Sklavin kurzerhand auf die Bühne geschoben wird. Sie hat dichtes schwarzes Haar, das in Wellen bis zu den Knien fällt, ihr Kleid ist zerrissen und alle sechs Brustwarzen sind durch den durchsichtigen Stoff deutlich sichtbar. Von meiner Position im hinteren Teil des Raumes aus kann ich fast spüren, wie sie zittert. Ich beuge mich vor, atme tief ein und konzentriere mich, um ihren Duft von den übrigen Gerüchen im Raum zu unterscheiden. Es gibt definitiv eine unterschwellige Spur von Süße, aber sie rührt mich nicht. Ich lehne mich zurück und verschränke noch einmal die Arme.

Eine Frau mit sechs Brüsten und blasslila Haut zieht immer die Aufmerksamkeit einiger Männer auf sich, und es werden zahlreiche Gebote von einem Ende des Raums zum anderen gebrüllt. Schließlich wird die Tyreen an ein großes Tier von einem Dajok verkauft, der sein selbstgefälliges Grinsen nur schwer verbergen kann, als er auf die Bühne schreitet, um seine neue Sklavin in Empfang zu nehmen.

Eine nach der anderen werden Frauen aller Art auf die hölzerne Plattform geführt, alle in verschiedenen Zuständen der Entkleidung. Einige scheinen angstvoll erstarrt, andere wiederum meutern. Aber jede wird verscherbelt, egal wie. Es gibt kein Entkommen. Das ist der Lauf des Universums.

Ich streichle den Griff meines Krummsäbels. Es ist eine Ewigkeit her und es gibt nach wie vor kein Zeichen des versprochenen Mee-Nsch. Der Gestank von so vielen Arten auf engem Raum ist zum Schneiden dick. Ich habe immer noch eine Menge Konkurrenz. Nur die Reichsten und Mächtigsten haben eine Chance, sie zu gewinnen, also begnügen sich die Männchen der weniger mächtigen Spezies mit den anderen angebotenen Waren. Die meisten von ihnen haben ihre Neuanschaffungen bereits eingesammelt und sind abgereist, sodass ich einen klaren Überblick über die Männchen habe, die ich schlagen muss, um das seltene Juwel an mich zu bringen.

„Und jetzt ... das Beste kommt zum Schluss! Ich präsentiere Euch stolz die versprochene Omega! Ein Mee-Nsch!“, verkündet der Ogsul-Gastgeber.

Als der Höhepunkt des Abends die Bühne betritt, beugen sich die übrigen Männer, mich eingeschlossen, gemeinsam vor.

Also, das ist ein Mee-Nsch. Sie ist kleiner, als ich erwartet hatte - viel kleiner. Blassrosa Haut, zwei Arme, zwei Beine, zwei Brüste. Aber die Wolke aus zerzaustem Haar um ihren Kopf ist glitzerndes Gold, ihre Augen sind groß und unschuldig, und als ihr reichhaltiges, honigartiges Parfüm meine Nasenlöcher erreicht, bemühe ich mich verzweifelt, mein Brüllen zu unterdrücken, als die Brunst mich ohne Vorwarnung ergreift, ohne jegliche Einleitung.

Plötzlich ist mein Schwanz steinhart und pulsiert, meine Haut kribbelt und der Puls pocht in den Ohren.

Ich bin nicht mehr in der Lage, einen zusammenhängenden Gedanken zu fassen. Mein ganzes Wesen schreit nur nach einer Sache:

Sie wird mein sein.

VIERTES KAPITEL

Emma

Seit einer gefühlten Ewigkeit werde ich hinter den Kulissen, jenseits eines einfachen Vorhangs, bewacht und warte darauf, dass ich an die Reihe komme, während ein Weibchen nach dem anderen herausgezwungen wird, um begafft und wie Vieh auf dem Markt verkauft zu werden. Die seltsamen außerirdischen Kreaturen haben mich umzingelt, und es gibt keine Chance zu entkommen. Außerdem, wohin sollte ich gehen? Es ist nicht so, dass ich nach draußen rennen und auf einen Bus aufspringen oder ein Uber rufen könnte.

Soweit ich weiß, befinde ich mich auf einem Raumschiff. Oder auf einem anderen Planeten.

Und ich kann immer noch nicht glauben, dass ich diese Idee überhaupt in Erwägung ziehe. Mein Kopf tut weh, wenn ich nur daran denke. Wann werde ich endlich aufwachen? Mich selbst zu kneifen hat allerdings nicht geholfen, also kann ich im Moment nur hier stehen und warten, bis ich an der Reihe bin und erfolglos versuchen, die Panik zu unterdrücken, die immer wieder droht, in einem Schrei aus mir herauszuplatzen.

Soll ich wirklich als Sexsklavin verkauft werden?

An einen *Außerirdischen*?

Die Menschen - Pardon, Kreaturen -, die auf die Weibchen bieten, sind ein lauter, lärmender Haufen, aber ich habe nicht den geringsten Blick auf sie erhaschen können, von dort aus, wo ich stehe. Ich weiß nicht, ob das etwas Gutes oder etwas Schlechtes ist. Aber ich kann sie auf jeden Fall riechen - ein dicker, schwerer Geruch, der an alte Socken und Mottenkugeln erinnert. Mein Mund füllt sich mit einem bitteren Geschmack.

Nach den verschiedenen Formen und Größen der Frauen zu urteilen, die auf die Bühne geschoben wurden, weiß man nicht, wie die Männer aussehen werden. Die erste Sklavin, die verkauft wurde, hatte sechs Brüste.

Wer wird mich kaufen? Vielleicht habe ich ja Glück und erwische jemanden mit einem Gewissen oder einem guten Herzen, der sich meiner erbarmt, wenn er merkt, dass ich eigentlich nicht hier sein sollte. Und der mir hilft, nach Hause zu kommen.

Bitte lass ihn kein Alpha sein. Nur nicht die Ulfarri, von denen meine Entführer sprachen, die sexbesessenen Bestien, die die Frauen in einem alarmierenden Tempo aufzehren. Alles, was ich wollte, war eine Nacht auszugehen und Spaß zu haben. Jetzt zittere ich in den Fetzen meiner Kleidung und bete, dass ich nicht zu Tode gevögelt werde.

Meine Kopfschmerzen sind verschwunden, aber meine Haut ist gerötet, fiebrig. Schüttelfrost überkommt mich, abwechselnd mit feurigen Hitzeschüben. Mein Magen krampft sich zusammen. Ob mir vom Gestank der fremden Luft übel wird, von der Angst oder von dem Zeug, das mir die Ogsul gespritzt haben ... man weiß es nicht.

Plötzlich wird mein Oberarm von einer der Kreaturen gepackt, die mich bewachen und das Herz springt mir fast aus der Brust, als ich in die Mitte der Bühne geschleudert werde. Helle Lichter blenden mich, und ich blinzle schnell und versuche verzweifelt, das Publikum zu sehen. Ich höre, wie der Ansager etwas über einen Menschen sagt, und meine Knie verflüssigen sich beinahe. Ich bin nur noch auf den Beinen, weil einer der Entführer mich noch festhält.

Das ist der schlimmste Albtraum, den ich je hatte oder je haben werde. Und es ist, verdammt noch mal, mehr als an der Zeit aufzuwachen.

Langsam kann ich in dem dunklen Raum Formen ausmachen. Er ist voll mit Dutzenden von außerirdischen Kreaturen - einige mit Federn, einige mit Rüsseln, einige, die aussehen, als seien sie aus Klingen gemacht - und sie schreien sich gegenseitig an, springen auf und ab, gestikulieren bis zu dem Punkt, an dem der Gastgeber Mühe hat, mit den Geboten Schritt zu halten. Es hört sich an wie in einer Scheune. Es gibt kein irdisches Äquivalent zu dem unmenschlichen Krakeelen und Stöhnen.

Es riecht auch wie auf einem Bauernhof. Der Gestank bringt mich zum Würgen. Ich drehe mich um und gebe mir Mühe, meine Brust mit den Armen zu bedecken, aber mein Oberarm ist immer noch in einem Schraubstock eingeklemmt. Ich atme durch den Mund, fühle mich krank und fiebrig, starre auf die Bühne und versuche, so zu tun, als ob das alles nicht passiert.

Aber es ist so.

Neben mir schreit der Ogsul-Auktionator. Er greift mit einem stummeligen Arm nach meinem Kinn und zwingt mein Gesicht nach oben. Wieder schlägt mir der Gestank entgegen. Ich blinzle dagegen an und schwanke auf den Füßen. Ich würde fallen, wäre da nicht die schmerzhaft quetschende Fessel meines Ogsul-Entführers.

Der Auktionator zeigt auf ein riesiges, schneckenähnliches Ding, das vorne vor der Bühne wackelt. Bin ich gerade an Jabba den Hutten verkauft worden? Die Außerirdischen, die die Bühne umstellen, gackern und schreien.

Ich ziehe den Kopf ein, doch ich bekomme keine Erleichterung. Der Lärm, die Kakophonie aus fremden Farben und Formen, wirbeln ineinander. Meine Haut ist kochend heiß. Ich ringe nach Luft, aber ein Geruch steigt jetzt in Wellen von mir auf, kränklich süß. Ich kann nicht atmen.

Ein tiefes, ursprüngliches Brüllen hallt durch den Raum und übertönt alles andere. Das Geräusch ist wie ein Donnerschlag und lässt Blitze über meine Wirbelsäule zucken. Ich weiche zurück, unfähig zu fliehen, weil der Ogsul mich umklammert. Mein Magen krampft sich wieder zusammen.

Hinten in den Schatten braut sich ein Sturm zusammen. Ein gefiederter Außerirdischer segelt mit einem Kreischen durch den Raum. Sowohl mein Entführer als auch der Auktionator starren ihn an. Dann kommt etwas anderes auf die Bühne geflogen und fällt mit einem Platsch zu den Füßen des Auktionators. Ein schrecklicher Alien-Kopf starrt uns an, sein Mund steht offen, grüner Schleim läuft aus dem durchtrennten Hals.

Der Auktionator schreit auf und stürzt sich von der Bühne. Hinter den dicht gedrängten Geschöpfen bahnt sich eine riesige, furchterregende Gestalt ihren Weg zu uns und pflügt durch die anderen Kreaturen wie ein Tornado durch einen Wohnwagenpark.

Und ein Duft steigt zu mir auf, kräftig, frisch und ganz anders als der Gestank zuvor. Es ist wie sauberer Regen in der Wüste. Ein wogender, gewittriger Geruch, der mich umspült, die abgestandenen, verschwitzten Ausdünstungen durchschneidet und süße Luft zum Vorschein bringt. Eine Süße, die sich in einen reichen, fast schokoladigen Geschmack verwandelt, der auf meiner Zunge prickelt. Der

Geschmack transformiert meine Angst in etwas Neues, etwas Unerwartetes. Wärme macht sich in meinem Inneren breit.

Der Geruch kommt von dem vermummten Krieger auf der anderen Seite des Raumes. Ich blinzle, um trotz meines klopfenden Herzens besser sehen zu können und wünschte mir dann, ich hätte es nicht getan. Er ist ein riesiges Schattengespenst in einer dunklen Kapuze, seine silberne Klinge blitzt vor ihm auf wie die Sense des Todes. Die Kreaturen weichen ihm aus. Sie sind zu langsam und ihre Körper treffen auf den tödlichen Sturm aus Stahl. Sie werden zerfetzt, Gliedmaßen fliegen nach außen, ihre Schreie der Angst und der Kapitulation erheben sich über den allgemeinen Aufruhr.

Es ist beängstigend. Ich sollte weglaufen. Aber ich bin in den Klauen eines Ogsul gefangen. Doppelt gefangen von der Kreatur und dem köstlichen, betäubenden Duft.

„Ulfarri. Alpha", murmelt der Ogsul, der mich umklammert und lässt meinen Arm los, um zu verschwinden. Und ich stehe allein auf der Bühne, dem Alpha gegenüber, nur die riesige, zitternde Jabba-ähnliche Kreatur zwischen uns.

Die geschwungene Klinge aus Metall blitzt auf. Das Schwert des Kriegers, das mit gekonnter Kraft geführt wird. Es verschwimmt und spaltet den Jabba-Klumpen. Der Blob ... zerplatzt. Flüssigkeit spritzt explosionsartig durch den Raum und versengt die Luft mit einem gasförmigen, schwefelhaltigen Geruch. Die Aliens schreien, versuchen zu entkommen und rutschen auf den Überresten der Gefallenen aus. Der Krieger in der Kutte schwingt sein Schwert und köpft beiläufig ein paar weitere Kreaturen, die vorbeikommen. Dann ist niemand mehr in seinem Weg. Nichts zwischen mir und dem mörderischen Monolithen. Schwarze Augen glitzern in seiner dunklen Kapuze.

Er sieht mich direkt an.

Ein Schrecken, wie ich ihn noch nie erlebt habe, ergreift mein ganzes Wesen, und ich bin nicht mehr in der Lage zu denken. Aus reinem Instinkt heraus und unter Ausnutzung der Tatsache, dass ich nicht mehr festgehalten werde, drehe ich mich auf dem Absatz herum und renne blindlings an dem Auktionator vorbei. Zurück zu der schmalen Tür, die zu dem Raum führt, in dem ich zuvor festgehalten wurde. Es muss einen Weg hier raus geben. Es *muss* einen geben.

Ich kann nicht zulassen, dass der Brutale mich kriegt. Ich kann es einfach nicht.

Starke Hände ergreifen meine Taille, und ich stolpere. Ich verliere das Gleichgewicht und werde in die Luft gehoben. Ich muss nicht hinsehen, um zu wissen, was passiert.

Er hat mich erwischt.

Der Alpha.

Das ist der Außerirdische, über den ich sie flüstern hörte, nachdem ich den Chip bekommen hatte und meine Entführer verstehen konnte. Ein Satz schießt mir immer wieder durch den Kopf, immer und immer wieder.

Ulfarri sind Brutale.

Der Schrei, den ich seit dem Beginn dieses Albtraums - der mir schon wie eine Ewigkeit vorkommt - unterdrückt habe, bricht aus mir heraus und wird schnell von einer riesigen, heißen Hand gedämpft, die auf meinen Mund geschlagen wird.

Ich schreie trotzdem. Ich schreie, bis ich keine Luft mehr in den Lungen habe, dann sacke ich erschöpft zusammen und baumle schlaff im Griff des Ulfarri.

Meine Lippen kribbeln. Eigentlich kribbelt mein ganzer Körper. Meine Augen sind geschlossen, und das schon, seit er mich mitten im Lauf erwischt hat, so viel Angst habe ich vor dem, was ich erblicken werde. Wie er aus der Nähe aussehen wird.

Manche Dinge sind besser, wenn sie unbekannt bleiben.

Aber meine anderen Sinne sind noch da, und sie scheinen seltsam geschärft zu sein. Ich kann seine Haut schmecken, denn seine Finger sind immer noch auf meinen Mund gedrückt. Sein großer Arm liegt um meine Körpermitte und presst mich gegen ihn. Er muss ungeheuer stark sein, um mich mit nur einem Arm anzuheben, denn seine andere Hand drückt mir einen Maulkorb auf, obwohl ich aufgehört habe, in sie hineinzuschreien.

Aber es ist der Geruch, der die größte Wirkung bei mir hervorruft. Moschusartig, maskulin, mit einem leicht süßlichen Unterton, ist er wie eine Kombination all meiner Lieblingsdüfte: kräftige Schokolade, rauchige Lagerfeuer, Zimtgewürz. Sein frischer Duft kollidiert mit der abgestandenen Luft. Alles riecht falsch. Nur er riecht richtig. Sein Duft füllt mich aus, als wäre es etwas Stoffliches, dringt in jede Pore ein und entzündet meinen ganzen Körper mit ...

Lust.

Das stärkste und verzweifeltste Verlangen, das ich je gespürt habe, ergreift mich. Mein Körper verkrampft sich - nicht im Magen, sondern weiter unten. Meine Gebärmutter schmerzt. Mir läuft buchstäblich das Wasser im Mund zusammen. Das Pochen zwischen meinen Schenkeln wird durch das hektische Schlagen meines Herzens ergänzt. Es kribbelt zwischen meinen Beinen und heiße Flüssigkeit sickert in den kleinen sexy Tanga, den ich in Erwartung der Spielchen im Club angezogen habe.

Was zum Teufel ist hier los?

Der Ulfarri nimmt mich in die Arme, dreht mich zu sich herum, und dann spricht er zum ersten Mal. Seine Stimme ist wie ein Messer, das über Stein schabt, während er ein einziges Wort sagt.

„Mein."

Ich bemühe mich, flacher zu atmen, und versuche, durch den Mund statt durch die Nase Luft zu holen, für den Fall, dass der himmlische Geruch, der mich umgibt, tatsächlich der Grund dafür ist, meinen Tanga nass zu machen. Der den Wunsch in mir wachsen lässt, mich verzweifelt an der nächstbesten Oberfläche zu reiben. Daher zwinge ich mich, die Augen zu öffnen und den Mann anzusehen, der mich gerade an seinen riesigen, harten Körper drückt.

Mit zurückgeschlagener Kapuze sieht er, abgesehen von seiner ungewöhnlichen Färbung, wie ein Mensch aus. Seine Augen sind dunkel und glitzernd, er hat eine schmale Adlernase und einen breiten Mund, der von einem gepflegten Bart eingerahmt wird. Eine lange, dichte Mähne aus mitternachtsblauem Haar fällt ihm über die breiten Schultern.

Auf seiner Brust, die von seinem Mantel verdeckt wird, sind schwache Zeichen zu erkennen, die wie Tigerstreifen auf seiner blasslila Haut aussehen. Sie erinnern an Tätowierungen. Ich kann nicht viel vom Rest sehen, so wie ich an ihn gepresst bin, aber ich kann seine angespannten Muskeln und seine unbestreitbare Stärke spüren.

In Zeitlupe hebt er den Kopf und seine Nasenlöcher weiten sich. Er ... Riecht an mir. Rieche ich für ihn so gut wie er für mich? Der üppige, schokoladige Duft umhüllt mich. Es gibt auch einen Hauch von frischem Kaffee. *Mmh.*

Ein Knurren ertönt vom Alpha, und mein Körper zuckt als Antwort, als würde ich auf sein Geräusch reagieren. Meine inneren Muskeln zittern, Flüssigkeit tropft aus meinem Geschlecht. Ich bewege mich hilflos und bin mir der enormen Erektion, die ich an meinem Oberschenkel spüre, schmerzhaft bewusst. Obwohl mir die schiere Größe seines Schwanzes einen Schauer über den Rücken jagt, schießt ein Blitz der Lust durch meinen Unterleib, und meine Muschi krampft so stark, dass ich gegen seine Handfläche keuche.

„*Mee-Nsch*", sagt er wieder und seine Brust vibriert. „Omega. Meins." Dann wird alles dunkel.

FÜNFTES KAPITEL

Emma

Es ist seltsam, ich bin in meinen fünfundzwanzig Jahren noch nie in Ohnmacht gefallen und jetzt ist es mir dreimal hintereinander passiert.

Auf einen anderen Planeten transportiert, gechippt, gespritzt und dann auf der Bühne als Sexsklavin versteigert zu werden - ganz zu schweigen davon, von einer Kreatur gefangen zu werden, deren köstlicher Duft mich in einen sabbernden Spielball der Wollust verwandelt - das alles stellt definitiv einen ausreichenden Grund für einen Blackout dar.

Es fühlt sich langsam wie ein Déjà-vu an, als ich die Augen öffne und schnell blinzle. Wo in aller Welt - oder besser gesagt, *im Weltall* - bin ich dieses Mal gelandet?

Für eine Nanosekunde hoffe ich, dass ich tatsächlich zu Hause bin und wieder in meinem Bett liege und dass das Ganze wirklich der lebhafteste, verrückteste Albtraum war, den ich je hatte, aber diese Hoffnung wird umgehend zunichtegemacht, als sich meine Augen soweit fokussieren, dass ich meine Umgebung wahrnehmen kann.

Die Luft riecht frischer. Ein wilder, kiefernartiger Duft, vermischt mit dem reichen Kaffee- und Schokoladenparfüm, das an der Haut des Alphas haftet. Seiner tätowierten, blassvioletten Haut. Jeder Atemzug bringt eine neue Welle des köstlichen Duftes mit sich. Wer hätte gedacht, dass mich ein Außerirdischer so anmachen würde? Und nicht irgendein Außerirdischer - ein *Brutaler*. Jetzt bin ich von seinem Duft umgeben. Entweder ist dies sein Versteck, oder er muss in der Nähe sein. Ich bin umgeben von glänzendem Silber - die Wände, der Boden, die Decke, überall -, und es gibt keine Fenster.

Ist das ein Raumschiff? Oder bin ich immer noch in der Nähe des Auktionshauses? Meine ersten Entführer erwähnten einen Raumhafen. Doch das hier riecht überhaupt nicht wie dieser stinkende Ort. Hier duftet es nach dem Alpha. Vermutlich gehört dieser Ort ihm.

Dieser Gedanke sollte mich nicht trösten, aber das tut er nicht. Ich bin vielleicht ein kleines bisschen weniger am Durchdrehen, obwohl das nicht viel heißt. Dieser Ort ist immer noch fremd und seltsam und unheimlich. Und es ist nicht mein Zuhause.

Ich rutsche auf der gepolsterten Bank hin und her. Ich liege zusammengerollt unter einer schwarzen Decke, die zwar leicht ist, mich aber warmhält. Sie ist weich und trägt den Duft meines neuen Entführers.

Ich setze mich langsam auf, damit mir nicht schwindelig wird, und lasse die Decke wegfallen. Und dann sehe ich ihn. Das Alphatier. *Den Brutalen.*

Er sitzt auf einem großen Metallhocker, seine großen, tätowierten Hände ruhen auf seinen Knien. Sein mitternachtsblaues Haar fließt über seine Schulter. Er beobachtet mich.

Einen Moment lang starren wir uns nur an, der Duft von ihm verstärkt sich, bis sich meine Schenkel zusammenziehen. Meine Blase beschwert sich, als ich mich bewege.

Alles, was die Ogsul mir über Alphas erzählt haben, rückt angesichts meines dringenden Bedürfnisses in den Hintergrund. Ich lege eine Hand auf mein Herz, um zu verhindern, dass es mir aus der Brust springt. *Ich kann das tun. Ich kann mich ihm stellen.* Ich räuspere mich. Wie frage ich in Alien nach einer Toilette?

„Ähm", beginne ich. *Ein guter Anfang!*

Er erhebt sich von dem Hocker und tritt näher an die Bank heran. Er ist riesig - etwa sieben Fuß groß, mit breiten Schultern, die nicht durch eine normalgroße Tür passen würden. Er trägt eine dunkle, weite Hose und kein Hemd, nur ein paar Lederriemen, von denen einer an seiner Hüfte mit der Scheide seines Schwertes endet. Er hat eine weitgehend humanoide Gestalt, nur hat kein Mensch auf der Erde so viele Muskeln. Mit seiner blassvioletten Hautfarbe und den dunklen Strichen seiner streifenförmigen Tätowierungen ist er ein beeindruckender Anblick. „Mee-Nsch", sagt er.

„Emma." Ich blinzle zu ihm hoch. Müssen wir uns jetzt einsilbig unterhalten? Ich begegne seinen dunklen Augen. Sein köstlicher Duft macht mich ein wenig schwindlig.

Ich weiß nicht, warum ich mit ihm kommunizieren will, aber das Bedürfnis ist da. Diese Ogsul-Dinger waren in der Lage, vollständige - wenn auch einfache - Sätze zu bilden. Ich werde es versuchen.

„Ich heiße Emma", stelle ich klar und räuspere mich ein paar Mal, damit meine Stimme nicht zu rau klingt. „Wie ist dein Name?"

„Ich heiße ..." Der Rest seiner Antwort besteht aus einer Reihe von Geräuschen, die ich vermutlich niemals korrekt über die Lippen werde bringen können. Tatsächlich macht sich der Übersetzungs-Chip nicht einmal die Mühe, sie zu wiederholen.

„Oh", murmle ich. „Es tut mir leid. Ich glaube nicht, dass ich das wirklich aussprechen kann."

Sein Mundwinkel hebt sich. Er findet das amüsant. „Das können nicht viele", sagt er. „Nenn mich Khan. Du kannst *Khan* sagen?"

„Khan", wiederhole ich gehorsam wie ein Kind. „Okay."

Er ragt ungeduldig über mir auf, als ob er auf etwas warten würde.

„Ich …", beginne ich. Haben Ulfarri eine Toilette? Ähnliche Körperfunktionen und Bedürfnisse wie Menschen? „Ich muss pinkeln."

Er sieht verwirrt aus.

Das ist ungünstig.

„Urinieren?", versuche ich es weiter. „Toilette? Aufs Töpfchen gehen?" Ich rutsche von der gepolsterten Bank, auf der ich aufgewacht bin, und tanze meinen besten Pipi-Tanz, mit schmerzverzerrtem, verzweifeltem Gesichtsausdruck.

Khan stößt eine Mischung aus Lachen und Schnauben aus, und ich spüre, wie mein Gesicht heiß wird. „Mach Pipi", sagt er. „Da drüben." Er deutet auf eine Tür, und ich renne los wie der Blitz. Zu meiner großen Erleichterung macht er keine Anstalten, mich aufzuhalten.

Das außerirdische Badezimmer ist ziemlich klein, aber zum Glück sind die Einrichtungen recht selbsterklärend. Erst als ich meinen winzigen Tanga herunterziehe, sehe ich, wie durchnässt er ist, und ich muss an das heiße, pochende Gefühl in meinem Geschlecht zurückdenken, als ich in Khans Armen lag. Ich schäme mich immer noch für meinen Versuch, mein Bedürfnis zu pinkeln zu erklären. Und meine Wangen werden noch heißer, als ich mich daran erinnere, wie absolut verzweifelt ich vor Lust war, bevor ich in Ohnmacht gefallen bin. Es war wie der niederste fleischliche

Instinkt, über den ich keine Kontrolle hatte. Vielleicht war ich lange genug bewusstlos, dass die Wirkung des Serums inzwischen nachgelassen hat, denn die Lust ist glücklicherweise nicht mehr so stark.

Ich erleichtere mich und halte dann meine Hände unter den Wasserhahn. Es gibt keinen Spiegel, und ich bin mir nicht sicher, ob das gut ist. Nach dem Abend, den ich hinter mir habe, ist es wahrscheinlich besser so.

Diese ganze Situation ist viel zu bizarr, um sie in Worte zu fassen.

Nach ein paar tiefen, beruhigenden Atemzügen, um mich zu sammeln, straffe ich meine Schultern, hebe mein Kinn und marschiere so selbstbewusst wie möglich zurück in den Raum, wo Khan immer noch an der Bank steht.

„Emma", sagt er sanft und seine Stimme fühlt sich an wie eine Liebkosung. „Komm zu mir."

Ich will es nicht, ich habe keinen Grund dazu, und doch bewegen sich meine Füße auf ihn zu. Hat er mich in eine Art hypnotischen Bann gezogen?

Mein Gott, das ist alles so verkorkst!

Innerhalb weniger Augenblicke stehe ich vor ihm, und was er als Nächstes tut, verblüfft mich. Mit blitzschnellen Reflexen zieht er mich in seine Arme und drückt mich an seine riesige Brust. „Atmen", flüstert er und wieder gehorcht mein Körper seinem Befehl, ohne dass ich mich bewusst anstrengen muss. Tatsächlich bin ich mir nicht sicher, ob ich überhaupt in der Lage bin, mich zu wehren.

Die Hitze, die von ihm ausgeht, umhüllt mich und sein schwerer Duft ist noch überwältigender. Es ist, als hätte er einen Schalter umgelegt und mich wieder zu der lüsternen Emma gemacht, die ich war, bevor ich ohnmächtig wurde. Ein intensiver, langsamer Puls pocht zwischen meinen Schenkeln, und mein Herz beginnt zu rasen. Plötzlich werde ich von dem eindringlichsten Verlangen überwältigt, das ich je erlebt habe. Es ist so allumfassend, dass ich entkräftet bin und mich nicht wehren kann, als Khans große Hand meinen Nacken hinauf bis zur Schädelbasis gleitet. Er greift in mein Haar, zieht meinen Kopf zurück und verschließt dann mit einem Knurren, das mein Inneres vibrieren lässt, meinen Mund mit seinem eigenen.

Er schmeckt so gut, wie er riecht. Reichhaltig und schokoladig, mit einer rauchigen Note.

Ich erwidere seinen Kuss mit einem unvorstellbaren Hunger und keuche, als seine Zunge meinen Mund langsam und leidenschaftlich erkundet. Er hält sich immer noch an meinem Hinterkopf fest, aber mit seiner anderen Hand streicht besitzergreifend meinen Körper entlang, erforscht, knetet erst meine Brüste, dann meine Flanke, fährt dann die Hüfte hinunter, bevor er mit den Fingern zwischen meine Beine gleitet.

Als er meine Muschi mit seiner riesigen Hand umfasst, pulsiert die geschwollene Klitoris gegen seine Finger, und ich beiße auf seine Unterlippe, verlange verzweifelt nach mehr von seiner Berührung. Mehr von ihm.

Das Fieber ist wieder da, eine Hitze, die mich mit jedem Herzschlag durchströmt. Nichts anderes existiert, nichts anderes ist wichtig. Khans Hände brennen auf meiner Haut, aber wenn er aufhört, mich anzufassen, wird mein Herz stehen bleiben.

Ich beiße ihn abermals, fester diesmal, und er reagiert sofort: Mit einem einzigen, scharfen Ruck reißt er mir das Höschen vom Leib und schiebt zwei Finger tief in mich hinein.

Ich bin so feucht, dass sie leicht hineingleiten, und mein Geschlecht krampft sich um sie herum zusammen, während er mich erneut küsst - jetzt etwas rauer. Seine Zunge fickt meinen Mund synchron zu seinen Fingern in mir, und mein Gehirn erleidet einen Kurzschluss. Ich will seinen Schwanz.

Ich *brauche* seinen Schwanz.

Er fügt einen dritten Finger hinzu und dehnt mich. Es ist brutal - und ich liebe es. Ich will, dass dieses Vergnügen mit Schmerz verbunden ist. Wie Schokolade mit Meersalz bestreut. Erst als seine Finger mich so sehr ausfüllen, dass es weh tut, ist das Gefühl ausreichend.

Sein Daumen findet meinen Kitzler und beim ersten Streicheln explodiere ich, ein Blitz der Begierde schießt durch meinen Unterleib, als ich zum Höhepunkt komme und meine Muschi sich rhythmisch um seine Finger zusammenzieht.

Er labt sich an meinem Stöhnen und entlockt mir eine Welle der Lust nach der anderen, bis die Krämpfe endlich nachlassen.

Obwohl ich gerade den intensivsten Orgasmus meines Lebens hatte, trauere ich dem Verlust hinterher, als er seine Finger aus meiner durchnässten Muschi zieht und aufhört, mich zu küssen. Ich fühle mich leer, verzweifelt, unbefriedigt.

Als ob ich läufig wäre.

In diesem Moment erinnere ich mich an das Gespräch mit den Außerirdischen. *Östrus.* So haben sie es genannt. In die Brunst kommen. Hat irgendwas mit Geruch zu tun. Ich habe mich innerlich über die Idee lustig gemacht, als sie es erwähnten.

Ich mache mich jetzt nicht lustig. Der Scheiß ist echt.

Khans Blick ist auf mich gerichtet. In seinen Augen glüht der gleiche Hunger, der sich auch in meinen widerspiegelt, während er sich langsam nach unten bewegt ... bis er auf den Knien ist. Bevor ich realisieren kann, was passiert, hat er eines meiner Beine über seine breite Schulter gelegt und seine Zunge streicht über meinen Spalt.

Ich umklammere seinen Kopf und fahre mit den Fingern durch sein langes, dunkles Haar, während er meine Klitoris mit atemberaubender Präzision leckt und instinktiv den idealen Druck und Rhythmus kennt, um mich um den Verstand zu bringen.

Ich bin so feucht, dass ich spüre, wie es an der Innenseite meines Oberschenkels herunterläuft, und doch schäme ich mich nicht dafür, dass er diese Wirkung auf mich hat, sondern selbst dieses Gefühl macht mich noch mehr an.

Meine ganze Muschi pulsiert. Khan knurrt, während er mich aussaugt. Es ist fast wie das Schnurren einer großen Katze und es stellt Dinge mit mir an, die ich nicht erklären kann.

Alles, was ich tun kann, ist spüren.

Ich stehe kurz vor einem weiteren Höhepunkt, seit seine Zunge meinen schmerzenden, pulsierenden Lustknopf gefunden hat, und es ist, als würde er mich absichtlich in diesem Zustand halten - keine Pause, kein Abschluss, nur die nicht enden wollende Qual, immer kurz vor dem Orgasmus zu stehen.

„Bitte", krächze ich und umklammere seinen Kopf. Ich bin mir vage bewusst, dass ich zittere. „Bitte ..."

Falls er mich gehört hat, ignoriert er mein Flehen. Stattdessen leckt er mich weiter, seine Zunge zieht Kreise um meine geschwollene Klitoris, taucht dann in meine nasse Mitte und nimmt mehr von meinem Saft auf, bevor sie zu dem kleinen Lustknoten zurückkehrt, auf den mein ganzes Wesen reduziert wurde.

Ich schluchze hilflos, reibe mich an ihm und ziehe ihn näher zu mir heran, in dem verzweifelten Versuch, Erfüllung zu finden.

Als Reaktion darauf lässt er seine Hände zu meinen Hüften gleiten und packt sie so hart, dass es weh tut, und hält mich fest, sodass ich nichts anderes tun kann, als die Qualen zu akzeptieren.

Er knurrt immer noch.

Ich verliere das Zeitgefühl. Ich nehme nichts mehr wahr, außer wie er von meinem Schoß trinkt und mich grausam am Rande des Orgasmus balancieren lässt, mich aber nicht erlöst. Jedes Mal, wenn ich denke, dass ich soweit bin und die empfindlichsten Stelle zu kribbeln anfängt, lenkt er seine Aufmerksamkeit auf meine Pforte. Er stößt seine Zunge so weit in mich hinein, bis ich schreien möchte - nicht vor Lust, sondern vor Frustration. Erst, wenn das anfängliche Prickeln abgeklungen ist, kehrt er zu meinem Kitzler zurück - und beginnt die Folter von vorn.

Schließlich tue ich, was jedes normale, heißblütige Mädchen in der Brunst tun würde.

Ich raste aus.

Mit einem gequälten Heulen reiße ich, so fest ich kann, an seinen langen, nachtblauen Haaren, und versuche dann, ihm mit dem Bein, das über seine Schulter gelegt ist, in den Rücken zu treten.

Khans Reaktion erfolgt sofort. Eine große Pranke gleitet von meiner Hüfte nach oben, um mich an der Kehle zu packen und mich zu erstarrtem Schweigen zu zwingen. Dann schüttelt er mit einer fließenden Bewegung meinen Oberschenkel von seiner Schulter, steht auf, zieht seine Hose aus, umfasst mit der freien Hand meinen Hintern und hebt mich hoch, bis sein riesiger, steifer Schwanz in mir ist.

So etwas habe ich noch nie erlebt.

Ich konnte keinen Blick auf sein Glied werfen, doch es ist mit Abstand das größte, das ich je gespürt habe. Obwohl ich tropfnass und glitschig bin, brennt meine Muschi, als Khans Schwanz tief eindringt und mich bis zum Äußersten dehnt, während seine Hand um meine Kehle dafür sorgt, dass mir vor einer Kombination aus Angst und Erregung schwindelig wird. Ich kann immer noch atmen, aber ich werde definitiv nirgendwo hingehen.

Zu meinem Erstaunen und zu meiner Schande komme

ich schon, bevor er sich überhaupt richtig in mir versenkt hat. Ich wusste nicht einmal, dass ich allein durch Penetration zum Höhepunkt kommen kann. Ich kann einen erstickten Lustschrei nicht unterdrücken und schließe die Augen, damit ich seinen Blick nicht ertragen muss, als sich meine hoffnungslos ausgefüllte Muschi um seinen Schwanz zusammenzieht.

Und er hat noch nicht einmal angefangen, mich zu ficken.

„Sieh mich an“, befiehlt er in einem rauen Flüsterton, und ich gehorche, obwohl ich meine Demütigung nicht mitansehen will, wie ich klitschnass den Höhepunkt auf ihm auskoste. Er bewegt sich nicht einmal, er hält mich nur fest, während ich mich winde und schluchze, aufgespießt auf seinen steinharten Schwanz. Er ist so groß, dass ich wimmere, auch wenn er ermutigend summt, um mich zu beruhigen. Dann knurrt er, und mein Körper verkrampft sich - ein Damm bricht, und Flüssigkeit strömt aus meinem Körper, um ihm das Eindringen zu erleichtern. Meine inneren Wände umschließen ihn auf die köstlichste Weise.

Jedes Gefühl wird tausendfach verstärkt. Es tut so wundervoll weh.

Selbst während ich komme, nehme ich die kleinsten Details wahr: wie der Puls in meiner Kehle gegen seinen Griff pocht. Wie sein Duft jede meiner Poren füllt. Wie er mich ansieht. Wie sein Schwanz in mir noch größer wird.

Khan fängt an, sich zu bewegen, stößt seine Hüften, fickt mich erst langsam, dann immer schneller, bis er schließlich selbst die Kontrolle zu verlieren scheint ...

SECHSTES KAPITEL

Khan

Berauschend. Mein ganzes Leben lang habe ich andere Alphas über die Brunft reden hören, darüber, was passiert, wenn sie den perfekten Duft der richtigen Omega erhaschen, über den Kontrollverlust und das allumfassende Bedürfnis zu dominieren. Zu beanspruchen. Zu ficken.

Keine der Beschreibungen entsprach auch nur annähernd der Realität.

Emmas Honigduft durchdringt mein Wesen und weckt eine Lust in mir, die ich nie für möglich gehalten hätte. Es ist ein animalischer Drang, mich zu paaren, meinen Hunger an ihrem weichen kleinen Körper zu stillen, sie als mein Eigentum zu kennzeichnen.

Ich bin so hart, dass es weh tut.

Das Verlangen war vom ersten Moment an da, als ich ihren Duft wahrnahm, doch ich hielt mich zurück, wollte sie nicht erschrecken, wollte mich nicht zu schnell bewegen, um sie nicht zu verletzen. Es wäre zu einfach gewesen, sie zu nehmen, während sie bewusstlos war, und ich habe es in Betracht gezogen, aber dieser Mee-Nsch wird meine Gefährtin fürs Leben sein.

Ich wollte nicht von Anfang an alles ruinieren.

Erst als sie wach genug war und nach ihren Waschungen zu mir zurückkehrte, gab ich dem Bedürfnis nach, das in mir brannte.

Als der Geschmack ihres Gleitmittels meine Zunge berührte, verließ mich jegliche Fähigkeit, rational zu denken. Wütend auf sie, weil sie solche Gefühle in mir auslöste, quälte ich sie absichtlich und hielt sie so lange auf Trab, bis sie die Beherrschung verlor.

Es war bezaubernd.

Als ob dieses kleine Mädchen irgendetwas tun könnte, um mich davon abzuhalten, mir das zu nehmen, was mir jetzt gehört.

Sie hat keine andere Wahl, und wir beide wissen das.

Ich bin mir nicht sicher, wann ich angefangen habe zu schnurren, aber irgendwann wurde mir bewusst, dass ich es tat. Es verstärkte nur ihre Reaktion auf mich und machte ihre süße kleine Muschi noch schlüpfriger, damit ich sie genießen konnte.

Da ich mich nicht länger zurückhalten konnte, hob ich sie auf meine pochende Erektion. Obwohl ihre Schenkel nass von ihrer Lust waren, obwohl sie mehr als erregt war und kurz vor ihrem zweiten Höhepunkt stand, war ihre Spalte unglaublich eng und umschloss meinen Schwanz wie eine zweite Haut, als ich sie dehnte.

Ich halte sie an Ort und Stelle, bin vollständig in ihr und beobachte, wie sie sich windet und schluchzt, als sie den Orgasmus erreicht, ohne dass ich mich rühre. Ihre Füße berühren nicht den Boden, sie wird nur von meinem stählernen Griff und meinem eisenharten Schwanz gehalten.

Ich möchte, dass dieser Moment für den Rest meines Lebens anhält.

Doch dann lässt das samtene Flattern um meine steife Länge nach, und mich überkommt der Drang, mich zu bewegen. Ich beginne zu stoßen, zuerst langsam, genieße jede Wölbung, jeden Quadratzentimeter von ihr, während sie sich um mich zusammenpresst.

Emma wurde für mich gemacht. Wie geschaffen für das hier.

Ich danke Ulf für meine Beherrschung, als ich gegen die Brunst ankämpfe, gegen das Bedürfnis, sie so hart zu ficken, wie ich es will. Ich will sie nicht kaputt machen, und der Größenunterschied zwischen uns ist beträchtlich. Sie fühlt sich so klein an, so zerbrechlich in meinen Armen.

Sie schließt die Augen, offensichtlich in ihren Gefühlen versunken und ich befehle ihr, sie wieder zu öffnen. Ich möchte in diesen blauen Tiefen ertrinken, möchte jede Nuance ihres Verlangens nach mir beobachten.

Ich will sie abermals kommen sehen, ihre Hitze spüren, die mich wie ein pochendes Herz umklammert.

Gleichzeitig fängt ein Kribbeln in meinen Eiern und im Unterbauch an, das sich ausbreitet, bis es meinen ganzen Körper erfasst hat, und an der Stelle, an der Emma und ich verbunden sind, beginnt sich der Knoten zu bilden.

Die kleinen Atemstöße, die sie von sich gibt, verwandeln sich in ein Stöhnen und ich lasse die Hand an ihrem Hals in ihren Nacken gleiten und ziehe ihr Gesicht zu mir, weil ich sie plötzlich wieder küssen will. Ich stoße härter zu, ficke sie jetzt ernsthaft, presse die Lippen auf ihre und ahme die Bewegungen meines Schwanzes mit meiner Zunge gegen ihre eigene nach. Ihr Honiggeschmack ist alles.

Ihre Fingernägel graben sich in meine Schultern, und genau wie zuvor, als sie mir in die Lippe gebissen hat, erregt mich der scharfe Schmerz und macht mich gleichzeitig wütend. Ohne nachzudenken, verpasse ich ihr einen harten Schlag auf den Hintern, dessen Geräusch meine Ohren klingeln lässt.

Zu meinem Erstaunen spüre ich, wie sich ihre Möse zusammenzieht und sie ein leises Stöhnen purer Lust ausstößt.

Könnte es sein, dass sie den Schmerz genießt?

Um diese Theorie zu testen, gebe ich ihr einen weiteren, noch härteren Klaps, und ihre Reaktion ist unüberhörbar.

Und dann lasse ich endlich zu, dass die letzte Leine meiner Kontrolle reißt und der reine Instinkt die Oberhand gewinnt.

Es ist roh. Es ist urtümlich. Es ist animalisch. Jedes Nervenende in meinem Körper steht in Flammen, mein ganzer Fokus liegt auf einer Sache: die süße, heiße Omega, die jetzt mit mir verbunden ist, nicht nur körperlich, sondern auf einer elementaren Ebene.

Ihr Keuchen hat einen neuen Ton angenommen, und sie zittert in meinen Armen, ihre langen Wimpern flattern, während sie die Augen schließt. Vielleicht kommt sie schon wieder, vielleicht stöhnt sie, weil ich sie so fest umklammere, dass es ihr wehtut - um ehrlich zu sein, ich bin zu weit gegangen, um mich jetzt noch darum zu kümmern. Das Gebrüll in meinem Inneren beginnt zur gleichen Zeit, als mein eigener Höhepunkt seine Ankunft ankündigt.

Der Knoten an der Basis meines Schwanzes hat sich mittlerweile vollständig ausgedehnt und macht es unmöglich, noch tiefer zu stoßen. Ich versiegele damit Emmas Muschi und versuche trotzdem, sie zu ficken, indem ich mein Becken gegen ihres dränge, während sich meine Eier zusammenziehen - und ich komme.

Aus reinem Instinkt heraus senke ich den Kopf und beiße zu, versenke die Zähne in die weiche Haut an der Stelle, wo ihr Hals auf ihre Schulter trifft. Ihr Schrei verstärkt die

Empfindungen in meinem Schwanz, der in ihr pulsiert und sie ausfüllt. Jeder Stoß fügt ihrer überlaufenden Muschi mehr Samen hinzu, bis die Ekstase nachlässt, ich die Bewegungen immer weiter verlangsame und schließlich zum Stillstand komme.

Ich habe das Gefühl, dass ich langsam aus einem Traum erwache.

Mein Unterleib und die Oberschenkel sind mit unseren gemischten Säften durchtränkt - ihr Saft und mein Sperma sickern aus ihr heraus, sogar um die Dichtung, die der Knoten bildet.

Emma zittert in meinen Armen, und ich schlinge sie um sie, halte sie fest, vergrabe meine Nase in ihrem seidigen, goldenen Haar und will, dass sie sich beruhigt. Dass sie sich erholt.

Sie ist still, doch ihre Schultern zittern. Weint sie? Ist es immer noch Erregung? Ich möchte mit ihr sprechen, sie beruhigen, aber ich fühle mich, als hätte man alle Luft aus mir herausgepresst. Der Knoten pocht noch immer und macht einen zusammenhängenden Gedanken beinah unmöglich.

In meiner Verzweiflung, das Weibchen zu trösten, das ich just zu meinem Eigentum gemacht habe, greife ich zu dem einzigen Mittel, das mir gerade zur Verfügung steht. Ich beginne zu schnurren.

Fast sofort beginnt ihr Zittern zu vergehen. Ich nehme absichtlich tiefe, langsame, kreisförmige Atemzüge, damit ich ununterbrochen für sie summen kann, und konzentriere mich völlig auf Emma, wobei ich mich wundere, wie ich ihre Stimmungsschwankungen an ihrem Duft erkennen kann.

Wo vorher ein starker Cocktail aus pikanter Angst und honigsüßer Erregung herrschte, hat beides nun ein wenig nachgelassen. Es gibt immer noch eine Unterströmung von Lust, aber etwas anderes hat die Angst verdrängt. Ich bin mir nicht ganz sicher, was es ist, doch sie zittert nicht länger, also nehme ich an, dass es etwas Gutes ist.

Der Knoten löst sich auf, und ich bin erstaunt über den Schmerz, den ich in meiner Brust spüre, wenn ich daran denke, mich von ihr zu lösen. Nicht mehr auf die ursprünglichste und natürlichste Weise mit ihr vereint zu sein.

Dann erinnere ich mich daran, dass ich während meines Höhepunkts etwas getan habe, um sicherzustellen, dass ich auf ewig mit ihr verbunden sein werde, was auch immer ich mir aussuche.

Ich habe ihr den Biss der Inanspruchnahme verpasst.

Sobald ein Alpha seine Gefährtin gebissen hat, gehört sie ihm. Er kann ihre Anwesenheit und ihre Abwesenheit so sicher spüren wie den Regen auf seiner Haut. Er ist auf ihre Stimmungen, ihre Wünsche und ihren Schmerz eingestimmt. Und er wird nicht zulassen, dass sich irgendjemand oder irgendetwas zwischen sie stellt.

Diese kleine Omega weiß es vielleicht noch nicht, aber dieser erste Fick war nur der Anfang. Sie wurde für mich gemacht, ihr weicher, heißer Körper wurde einzig und allein für mich geschaffen, um ihn zu besitzen, zu genießen und zu pflegen. Ich werde sie striegeln, für sie schnurren, für sie sorgen ...

Ich werde sie schwängern ...

Emma gehört jetzt mir.

SIEBTES KAPITEL

Emma

Ich weiß nicht, was mit mir geschieht. Ich weiß nicht, wo ich bin. Ich weiß eigentlich gar nichts - außer, dass es sich anfühlt, als würde sich eine warme Seidendecke über meinen nackten Körper legen, wenn Khan ein seltsames, grollendes Geräusch von sich gibt. Während sein Schnurren meine Muschi auf eine Weise nass werden lässt, die biologisch unmöglich sein sollte, macht mich dieses neue Geräusch ruhig und schläfrig, als hätte man mir ein starkes Beruhigungsmittel verabreicht.

Sein enormer Schwanz ist immer noch in mir, meine Beine sind um seine Hüften geschlungen, die Stelle an meinem Hals, in der er seine Zähne versenkt hat, pocht schmerzhaft. Ich sollte mich losreißen, mich gegen ihn wehren, ihm einen Vortrag über Zustimmung halten und verlangen, dass er mich nach Hause bringt. Stattdessen kuschle ich mich an seine riesige, feste Brust und fühle mich unerklärlich ruhig.

Was war in dieser Spritze, die mir diese Echsenwesen gegeben haben? Ich erkenne mich selbst nicht wieder. Es ist, als ob ich keine Kontrolle über die Reaktion meines Körpers auf irgendetwas hätte.

Ich hatte schon vorher guten Sex, aber was wir gerade gemacht haben, hebt das Ganze auf eine komplett neue Ebene. Ich wusste nicht, dass sich etwas so wunderbar anfühlen kann. Und obwohl meine Muschi wund ist und schmerzt, trotzdem ich so hart und so lange gekommen bin, dass ich dachte, mein Orgasmus würde nie enden, will ich mehr.

Ich atme ihn ein und wünsche mir absurderweise, ich könnte für immer so in seinen Armen bleiben. Meine Gedanken sind völlig durcheinander und ich lasse sie mir einfach durch den Kopf gehen, da ich zu erschöpft bin, um sie im Detail zu analysieren.

Irgendetwas ist auch mit Khans Schwanz passiert, während er mich gefickt hat. Er wurde auf irgendeine Weise größer - lange nachdem er bereits hart war. Kurz bevor er kam, gab es einen stechenden Schmerz am Eingang zu meiner Muschi, und es schien, als ob er nicht mehr in der Lage war, so zu stoßen und sich zurückzuziehen, wie er es bisher getan hatte. Selbst jetzt noch fühlt er sich in mir wie festgesetzt an. Ich wünschte, ich hätte die Kraft, ihn danach zu fragen.

Komisch, dass ich über solche Details nachdenke, wenn ich mich auf das große Ganze konzentrieren sollte. Ich wurde soeben von einem Alien gefickt, der mich von einer Sklavenauktion gerettet hat.

Ich bin vielleicht gerade in einem Raumschiff, aber definitiv nicht auf der Erde.

Leider träume ich auch nicht. Das ist alles zu real.

Andere Wesen haben mir etwas injiziert, das mich zu einer Nymphomanin für diese riesige, lila Bestie machte.

Wie kann ich immer noch so verdammt ruhig sein?

Wir bewegen uns. Khan trägt mich irgendwohin, seine Brust vibriert nach wie vor, und es klingt wie das Schnurren einer großen Katze. Im nächsten Moment sinken wir auf eine weiche Oberfläche ...

Ein Bett.

Ich kralle mich immer noch an ihm fest, aber ich bewege mein Bein, damit es nicht zerquetscht wird, während er uns auf die Seite legt.

Gott, ich bin so müde.

Ich bin schmutzig, meine Schenkel sind mit einer Mischung aus meinen Säften und Khans Sperma getränkt, und ich trage immer noch die zerfetzten Überreste des Club-Outfits. Ich sollte mich nach einer Dusche, neuen Klamotten und einer Möglichkeit, nach Hause zu kommen, umsehen.

Aber alles, was ich will, ist schlafen.

Meine Augenlider sind jedoch so schwer, dass ich mich nicht wehre, als sie zufallen. Khans Schnurren durchdringt jede Faser meines Seins, es ist so beruhigend wie eine Tasse heiße Schokolade an einem kalten, verschneiten Abend.

Das ist nicht gut. Mit einem kleinen Seufzer lasse ich zu, dass die Dunkelheit mich einfängt ...

* * *

Als ich aufwache, gibt es eine kurze Sekunde, in der ich hoffe, dass alles nur ein Traum gewesen ist. Dann sehe ich, wie Khan auf mich herabschaut, seine dunklen Augen glitzern mit einer Emotion, die ich nicht deuten kann.

„Emma“, sagt er leise.

Gott, sein Duft ... Er bringt meinen Magen zum Flattern und mein Herz zum Pochen.

Was ist los mit mir?

Ich nehme mir einen Moment Zeit, um zu überlegen. Während ich immer noch in den zerrissenen Kleidern auf dem Bett liege, hat er sich von mir zurückgezogen, sitzt auf und schaut auf mich herab. Er trägt jetzt eine Tunika anstelle des Lederharnischs. Sie sieht aus wie eine moderne Version von etwas, das die Römer getragen hätten, in einem schimmernden Dunkelblau, das perfekt zu seiner fliederfarbenen Haut und seinem mitternachtsblauen Haar passt. Er riecht zwar noch genauso gut wie früher, aber die Moschusnote von frischem Schweiß ist verschwunden. Er muss geduscht haben, während ich schlief.

Schlagartig wünsche ich mir eine Dusche mehr als alles andere in meinem Leben - außer vielleicht, wie sehr ich mir vor kurzem noch Khan gewünscht habe.

Ich setze mich auf und zucke bei dem plötzlichen, scharfen Stechen in meinem Unterleib zusammen. Dann wandern meine Finger zu meiner Schulter, in die er mich gebissen hat. Ich kann die Wunde nicht sehen, aber ich kann das heiße Fleisch spüren.

Er beobachtet mich, und als er sieht, wie ich den blauen Fleck betaste, den er mir zugefügt hat, sagt er: „Meins."

„Ja, das hast du getan", entgegne ich reumütig. Wie passend, dass ich eine Masochistin bin. Ich bin mir nicht sicher, ob das durchschnittliche Blümchensex-Mädchen so ruhig auf so einen harten Biss reagiert hätte.

Ich kann den Ausdruck in seinen Augen nicht lesen, aber er scheint empfänglich zu sein, also beschließe ich, um das zu bitten, was ich will. „Ich brauche eine Dusche", sage ich ihm und bete, dass die Übersetzungssoftware ihm das klar macht, damit ich nicht noch mehr lächerliche Pantomimen aufführen muss. „Sauber werden. Und neue Klamotten."

Er nickt. „Naturlich."

Ich bin etwas verblüfft. Das war einfacher, als ich dachte.

Er streckt eine große Hand aus, ich nehme sie und lasse mich von ihm aus dem Bett ziehen. Ich folge ihm auf wackeligen Beinen, als er mich ins Bad führt und an Knöpfen und Hebeln herumfummelt.

Als er mich auszieht, lasse ich ihn gewähren. Der Wunsch, mich zu waschen, ist zu ausgeprägt, als dass ich mir Gedanken über Nacktheit oder darüber machen würde, was er von meinem Körper denken könnte. Wir haben in so verzweifelter Eile gefickt, dass wir beide im Grunde genommen bekleidet geblieben sind und nur den Stoff beiseitegeschoben haben, der im Weg war, sodass er mich jetzt zum ersten Mal nackt sieht. Seltsam, dass die Dinge, die normalerweise eine große Rolle spielen, in diesem Moment nicht so wichtig zu sein scheinen.

Ich trete in die Kabine und kann meinen Freudenschrei nicht unterdrücken, als zahlreiche Wasserdüsen gleichzeitig aufleuchten, die irgendwie schon auf die perfekte Temperatur eingestellt sind, meine müden Muskeln massieren und die klebrigen Rückstände zwischen meinen Beinen wegspülen.

Das ist pure Glückseligkeit.

„Hast du etwas für mich zum Anziehen, wenn ich fertig bin?“, frage ich Khan und lehne meinen Kopf zurück, um mein Haar nass zu machen.

„Ja“, erwidert er. „Ich werde etwas besorgen.“

„Und Seife?“ Als ich mich in der Duschkabine umsah, entdeckte ich nichts, was auch nur im Entferntesten an Duschgel oder Shampoo erinnerte.

„Hier.“ Er reicht mir ein kleines Fläschchen mit irgendeiner Flüssigkeit, und ich drücke ein wenig davon in meine Handfläche.

„Danke.“

„Ich hole Kleidung“, sagt er und verschwindet, während ich die Seife in meine Haut einarbeite und mich wundere, wie eine so kleine Menge so viel Schaum erzeugen kann. Ich benutze sie auch für mein Haar. Sie riecht göttlich.

Die Stelle, an der Khan mich gebissen hat, brennt wie der Teufel, als sie mit dem Wasser in Berührung kommt, aber irgendwie genieße ich das Gefühl. Es verursacht ein langsames, quälendes Pochen zwischen meinen Beinen, was mich an die Kombination aus Vergnügen und Schmerz erinnert.

Wie kann ich ihn schon wieder wollen?

Falls es noch einen letzten Zweifel daran gab, dass nichts von all dem wirklich passiert, so ist dieser Zweifel jetzt endgültig verflogen. Es ist zu viel geschehen, und es war alles zu plastisch, als dass es sich um einen Traum handeln könnte.

Das bedeutet, dass ich mir einen Plan ausdenken muss, um zu entkommen und nach Hause zu gelangen.

Als Khan mit einem Stoffbündel zurückkommt, spüle ich mich ab, steige aus der Dusche und bitte ihn, das Wasser abzudrehen. Die Schalttafel sieht aus wie ein Bedienfeld aus dem Cockpit eines Flugzeugs. Es ist unmöglich, dass ich mit all diesen Knöpfen und Hebeln zurechtkäme.

Als Khan mir den weichen, blassblauen Bademantel reicht, zögere ich. Ich benötige ein Handtuch, daher bitte ich ihn um eines.

„Du brauchst keins“, sagt er. „Zieh das einfach an.“

Zu meinem Erstaunen ist der Stoff des Bademantels saugfähiger als jedes Handtuch, das ich je benutzt habe. Das Material ist kühl und angenehm auf meiner feuchten Haut und trocknet sie fast augenblicklich.

Ich habe keinen Kamm, also fahre ich mit den Fingern durch mein nasses Haar, so gut ich kann. Gott allein weiß, wie ich aussehe, aber so verlangend, wie Khan mich anstarrt, kann es nicht allzu schlimm sein.

Jetzt, da er wieder in meiner Nähe ist, kitzelt sein rauchiger Schokoladenduft erneut meine Nase, und das unverkennbare Kribbeln an meiner Klitoris ist zurück. Es ist furchtbar, wie mein Körper auf seine bloße Anwesenheit reagiert, und ich ermahne mich, so oft wie möglich durch den Mund zu atmen.

Irgendetwas an seinem Geruch triggert definitiv meine Libido.

Wortlos dreht er sich um und geht los, also folge ich ihm. Was kann ich sonst auch tun?

Wir betreten einen weiteren Raum. Er ist genauso schlicht und silbern wie die anderen, aber er hat noch etwas anderes. Fenster!

Ich erstarre und gaffe mit offenem Mund aus dem Fenster.

Die Aussicht besteht aus nichts als tiefschwarzer Dunkelheit, die von glitzernden Sternen übersät ist, soweit das Auge reicht.

Wir sind wirklich auf einem Schiff, draußen im Weltraum.

Ich will verdammt sein.

„Emma.“ Khans Stimme ist leise, wie ein sanftes Schnurren, und ich drehe mich um und blicke in sein hartes, ungewöhnliches Gesicht. „Hast du Hunger?“

Wie als Antwort darauf knurrt mein Magen. Bestes Timing überhaupt. Seltsam, dass ich vorher gar nicht ans Essen gedacht habe, aber jetzt bin ich am Verhungern. „Das habe ich“, gebe ich zu.

„Komm und setz dich.“

Ich reiße die Augen von meiner ersten Ansicht des Weltalls los. In einer Ecke des großen Raums stehen ein glänzender Tisch und zwei Hocker. Auf der silbern glänzenden Oberfläche prangen Schüsseln und Becher mit einem mir unbekannten Inhalt, doch was auch immer sich in den Gefäßen befindet, es dampft.

Plötzlich habe ich Angst. Was essen Ulfarri? Bitte lass es

nicht etwas Ekliges sein, wie Käfer. Oder rohes Fleisch. Ich bin Vegetarierin.

Khan hat sich auf einen der Hocker gesetzt und blickt mich nun finster an. „Komm und setz dich", sagt er wieder, sein Ton klingt härter und eindringlicher als zuvor. Es besteht kein Zweifel, er hat eindeutig die Qualität eines Doms.

Ich hasse es, dass mich das anmacht. Trotzdem bewegen sich meine Beine automatisch auf ihn zu, noch bevor er seinen Satz beendet hat.

Am Tisch angekommen, lasse ich mich auf den freien Hocker sinken, immer noch zu verängstigt, um in die Schüssel vor mir zu schauen.

„Iss", sagt er, hebt einen Löffel und fischt damit in seiner Schüssel.

Ich beobachte, wie er sich etwas in den Mund schaufelt, das aussieht wie Brei, und es schnell hinunterschluckt, ohne es vorher zu kauen.

Also kein Fleisch.

Mehr als erleichtert, doch immer noch voller Bedenken, nehme ich meinen eigenen Löffel und probiere etwas von dem dicken Brei.

Es ist so bizarr. Die Konsistenz ist eklig - dick, körnig und warm - aber es schmeckt nach gar nichts. Buchstäblich nach nichts. Wie bei einer Erkältung, wenn man seinen Geruchssinn verliert.

Nach dem ersten Löffel muss ich mich zwingen, einen weiteren zu nehmen, doch das nagende Gefühl in meinem Magen hilft mir dabei. Dieses Essen mag seltsam sein, aber es tut, was es tun soll: mich satt machen.

Meine Hand zittert ein wenig, als ich den Becher greife und einen Schluck der klaren Flüssigkeit trinke. Auch diese schmeckt nach gar nichts. Es scheint wie Wasser zu sein, oder zumindest ein außerirdisches Äquivalent.

Khan verschlingt seine Portion, bevor ich die Hälfte von meiner gegessen habe. Dann sitzt er da und beobachtet mich aufmerksam, sodass ich das Gefühl habe, unter einem Mikroskop zu liegen. Er fragt nicht, ob mir das Essen schmeckt. Weiß er, dass das eine dumme Frage wäre, oder liegt es daran, dass es ihm egal ist, ob ich es mag oder nicht? Oder vielleicht stehen Ulfarri einfach nicht auf Konversation am Esstisch.

Ich frage mich, wie spät es ist.

Ich frage mich, welcher *Tag* heute ist.

Ich frage mich, was sie am Montagmorgen bei der Arbeit sagen werden, wenn ich nicht auftauche.

Dieser letzte Gedanke ist wie ein Schlag in die Magengrube. Ich habe *wochenlang* an dieser Kampagne gearbeitet, um sie für die Präsentation am Montag vorzubereiten. Der Kunde kommt extra aus San Francisco eingeflogen.

Scheiße.

Das ist nicht fair. Ich habe so hart geschuftet, um die Position zu erreichen, die ich jetzt innehabe. Erst vor ein paar Monaten wurde ich zum Creative Director befördert. Und nun wurde ich von verdammten Aliens entführt, und alles, wofür ich so viel geopfert habe, wird verloren sein, wenn ich nicht rechtzeitig nach Hause komme.

Vorausgesetzt, es ist nicht schon zu spät.

Mir ist der Appetit vergangen, also lege ich den Löffel beiseite und sehe Khan finster an. „Wo sind wir?“, verlange ich zu wissen.

Er zieht eine dicke, tintenblaue Augenbraue hoch, dann gleitet sein Blick zu einem der großen Fenster, um stumm auf das Offensichtliche hinzuweisen.

„Ich weiß, dass wir uns im *Weltraum* befinden“, füge ich hinzu. „Ich bin keine totale Idiotin. Aber wohin gehen wir? Wo bringst du mich hin?“

Das ist zwar ein Klischee, dennoch eine berechtigte Frage.

„Nach Hause", antwortet er.

Ein plötzlicher Hoffnungsschimmer erwärmt mein Inneres. „Nach Hause? Meinst du die Erde?"

Seine Stirn legt sich vor Verwirrung in Falten. „Erde? Nein. Heimat. Altrim, Ulfaria."

Die kleine Blase der Hoffnung zerplatzt mit einem fast physischen Knall der Enttäuschung. „Was ist da?"

„Mein Planet. Mein Königreich. Dein neues Zuhause." Er sagt diese Dinge so sachlich, als ob jedes Wort mich nicht zerstören würde.

Ich schlucke schwer. Wie gehe ich am besten mit der Situation um? Soll ich ihn ansprechen? Mitspielen? Argumentieren?

Dass plötzlich Tränen in meinen Augen aufsteigen, überrascht mich. Normalerweise weine ich nicht. Ich ziehe es vor, meine Gefühle zu unterdrücken und mich in Arbeit zu vergraben.

Ich blinzle heftig, um sicherzustellen, dass keine Feuchtigkeit meine Augen verlässt, atme tief ein und bereue es sofort, weil das schmerzende Pulsieren zwischen meinen Beinen wiederkehrt. Wie in aller Welt soll ich ein ernsthaftes Gespräch führen, wenn Khans Duft mich ständig ablenkt?

Ich wünschte, ich hätte tatsächlich eine Erkältung. Dann wäre das viel einfacher.

„Hör zu", beginne ich vorsichtig. „Ich bin sicher ... Ulfaria ... ist ein schöner Ort, aber ich will eigentlich nicht dorthin. Ich muss zurück zur Erde. *Meinem* Zuhause."

Seine dunklen, glitzernden Augen verengen sich für einen kurzen Moment, und ich versuche herauszufinden, welche Emotion ich gerade über sein Gesicht habe huschen sehen. War es Mitleid? Wut? Lust war es jedenfalls nicht. Davon habe ich in den letzten Stunden genug gesehen und kann sie leicht erkennen. „Nein“, erwidert er. „Du bist jetzt meine Gefährtin. Ich habe dich beansprucht.“

Vor lauter Schreck vergesse ich, dass ich auf einem Hocker sitze, lehne mich zurück und falle beinahe runter, finde jedoch gerade noch rechtzeitig das Gleichgewicht.

Dem riesigen fremden Mann, der mir gegenübersitzt, entgeht nichts und seine Mundwinkel heben sich, als er merkt, wie nahe ich dran war, mit dem Hintern voran ein Salto rückwärts hinzulegen.

Die Peinlichkeit macht mich wütend. „Es ist mir egal, was du denkst, getan zu haben“, sage ich erbost und schiebe mein immer noch feuchtes Haar über die Schulter, um so etwas wie Würde wiederzuerlangen. „Ich habe keine Ahnung, was hier vorgeht, was du meinst zu tun, worauf du ein Recht zu haben glaubst, nur weil wir ... Sex hatten ... und du mir dann beim Waschen geholfen hast ... und mich mit Tapetenkleister gefüttert hast. Aber ich habe ein Zuhause, auf der Erde. Ich habe eine Wohnung, die ich liebevoll eingerichtet habe, und einen Job, für den ich alles aufgegeben habe. Buchstäblich *alles*. Das kannst du mir nicht einfach wegnehmen.“

Khan hat während meiner Schimpftirade aufmerksam zugehört, sein Gesicht verfinstert sich zusehends. Wahrscheinlich sollte ich jetzt vorsichtig sein, doch das ist mir ehrlich gesagt scheißegal.

„Ich habe dich gerettet“, sagt er donnernd.

„Mich *gerettet?*“ Ich kann die Ungläubigkeit in meinem Ton nicht verhindern. „Du hast mich gekidnappt! Dann hast du mich gezwungen ...“ Ich werde rot, weil ich mich daran erinnere, wie wollüstig und verzweifelt ich nach ihm war. Noch schlimmer ist die Tatsache, dass ich nach wie vor so empfinde. Wenn er jetzt zu mir käme, und ich seinen Duft einatmen würde ...

„Der Buruwr hat den Zuschlag erhalten. Weißt du, wo du

jetzt wärst, hätte ich dich nicht vor ihm gerettet?", fragt Khan mit tiefer, drohender Stimme.

„Nein." *Was ist eigentlich ein Buruwr?*

„An einen kalten Tisch gefesselt, nackt, geschlagen, jedes deiner Löcher wäre benutzt, ohne Rücksicht auf deine Sicherheit oder dein Wohlbefinden, geschweige denn auf dein Vergnügen."

„Ich will es gar nicht wissen!", jammere ich.

Er redet trotzdem weiter. „Auf Ulfaria bin ich ein König. Du wirst meine Königin sein. Du wirst alles haben, was dein Herz begehrt."

„Mein Herz wünscht sich, dass du mich zurück zur Erde bringst!"

„... und im Gegenzug werde ich dich schwängern, wir werden viele Erben haben. Du bist eine Omega, das ist deine Bestimmung."

„Das ist verdammter Mist!" Ich bin jetzt auf den Beinen und bebe vor Zorn. „Mein Ziel ist es, auf der Erde zu leben, wo ich hingehöre, mit meiner Familie und meinen Freunden, ganz zu schweigen von der Karriere, für die ich mir den Arsch abgearbeitet habe! Du hast nicht das Recht, mich zu entführen und zu entscheiden, wie mein Leben aussehen soll!"

Er kann nicht wissen, dass er einen wunden Punkt getroffen hat. Ich will keine Kinder. Habe ich nie, werde ich nie. Die Frauen in meiner Familie scheinen zu glauben, dass das alles ist, wozu das weibliche Geschlecht gut ist: als Heimchen am Herd irgendeinem penis-bestückten Geschöpf zu dienen. Ich teile diese Ansicht nicht, nicht im Geringsten. Ich mag im Schlafzimmer unterwürfig sein - und Gott weiß, es fiel mir schwer genug, mir das einzugestehen -, aber ansonsten bin ich eine unabhängige Frau, durch und durch. Meine Kunst hat mich zu meinem Beruf geführt, in dem ich hervorragend bin und der zu meinem Lebensinhalt geworden ist. Und nichts wird daran etwas ändern, schon gar nicht ein irrsinnig großer, außerirdischer Alpha. Es ist mir egal, wie gut der Sex mit ihm ist.

„Du musst mich nach Hause bringen, sofort!" Ich fahre fort, aber bereits, während ich spreche, verlässt mich die Angriffslust. Khan ist von seinem Stuhl aufgestanden und kommt jetzt auf mich zu, und sein Geruch ...

„Still, kleine Emma", sagt er leise, „es gibt keinen Grund zu kämpfen. Das Schicksal hat uns zusammengeführt und dies", er streckt die Hand aus und fährt über das Mal, womit er meinen Hals markiert hat, „hat uns für immer miteinander verbunden."

Die kleinste Berührung löst eine heiße, feuchte Flut zwischen meinen Schenkeln aus. Ich presse die Beine zusammen und unterdrücke ein begehrliches Wimmern. Der Biss tut weh und trotzdem, so wie er ihn streichelt, so wie er mich ansieht, möchte ich mich in seine Arme werfen.

Verzweifelt versuche ich, meinem eigenen Bedürfnis nach ihm zu entrinnen, und gehe einen Schritt zurück, dann noch einen.

Aber Khan verfolgt mich mit einem unergründlichen Gesichtsausdruck, bis ich mit dem Rücken an die Wand stoße.

Ich kann nichts dagegen tun.

Es gibt kein Entkommen.

Ich sitze in der Falle.

ACHTES KAPITEL

Khan

Die kleine Emma weicht zwar vor mir zurück, aber ich kann ihre Erregung riechen. Ich brauche sie nicht zu berühren, um zu wissen, dass sie bereits einen Strom von Gleitmittel produziert, um mir den Weg zu erleichtern. Ihr Gesichtsausdruck ist jedoch eher empört als verlangend.

Ich bin hin- und hergerissen. Ein Teil von mir versteht, dass sie an einem fremden Ort ist und nach Hause will. Der andere Teil wird nur von dem Urbedürfnis getrieben, sich auszutoben, und schert sich einen verfluchten Ulf um ihre Gefühle. Ich habe zu lange darauf gewartet und gehofft, eine Omega zu finden. Ich bin der König von Altrim und mehr als alles andere wünsche ich mir, Erben zu zeugen. Ohne eine Omega ist das unmöglich. Aber jetzt, da ich sie getroffen habe, liegen die Dinge anders. Wenn sie also denkt, dass ich sie entkommen lasse, nun, da ich sie endlich gefunden habe …

„Emma", sage ich sanft und streiche ihr über die Wange. Sie starrt mit großen Augen zu mir hoch. Sie sind so tiefblau, genau wie der Abendhimmel in Altrim. Ich könnte sie ewig anschauen.

Das habe ich auch vor.

„Fass mich nicht an!", erwidert sie und duckt ihren Kopf vor meinen Fingern weg.

Ich muss dem Drang widerstehen, sie zu schütteln. Der Alpha-Teil in mir wird ungeduldig, sie wieder zu haben. Ich bin steinhart, mein Schwanz pulsiert. Ich sehne mich danach, in ihrer feuchten Hitze zu sein, mehr als ich je etwas anderes wollte. Doch ich weiß, dass ich vorsichtig vorgehen muss. Ich will, dass sie glücklich ist, nicht verärgert. „Kümmere ich mich nicht um dich?", frage ich. „Ich habe dir Essen gegeben, eine Dusche ..."

„Ja, und ich weiß das zu schätzen, aber ich möchte trotzdem nach Hause. Zur Erde."

Was ist dort so wichtig? Warum will sie so gerne zurückkehren? Hat sie an diesem Ort einen Gefährten? Dieser Gedanke trifft mich wie ein Schlag in die Magengrube, und ich spüre, wie das Blut in meinen Schläfen gefährlich pulsiert. Bilder von ihr mit einem anderen Mann - einem anderen Liebhaber, der sie berührt, küsst, streichelt - schießen mir durch den Kopf, und ich balle fast unwillkürlich die Fäuste. Ich würde ihn töten. Ich würde ihn in Stücke reißen. Emma gehört mir. Sie gehört mir, niemandem sonst. „Warum?", verlange ich zu wissen, und es gelingt mir kaum, meine plötzliche, zornige Eifersucht im Zaum zu halten.

Sie sieht mich an, als ob ich begriffsstutzig wäre. „Warum willst *du* denn nach Hause?", erwidert sie gedehnt. „Es ist mein Zuhause! Meine Wohnung, meine Freunde, meine Arbeit ..."

„Arbeit?"

„Ja!“ Ihr Gesichtsausdruck ist ungläubig, und das irritiert mich. „Du weißt schon, es ist das, was man macht, um Geld zu verdienen. Um seinen Lebensunterhalt zu erwirtschaften.“

Ich bin verblüfft. Omega-Weibchen arbeiten nicht auf Ulfaria. Sie lieben, nisten und kümmern sich um ihre Umwelt. Sie heilen Kranke, schaffen Kunst und Musik und pflegen ihre Partner. Und natürlich pflanzen sie sich fort. „Nein“, entgegne ich ihr. „Du arbeitest nicht auf meinem Planeten. Das musst du auch nicht. Ich werde dafür sorgen, dass alle deine Bedürfnisse erfüllt werden.“

Sie sieht mich an, als sei mir ein zweiter Kopf gewachsen. „Und wenn ich arbeiten will? Wenn ich es *muss*?“

Sie ist schlau, das muss ich ihr lassen. „Du wirst sowieso keine Zeit haben“, informiere ich sie. „Du wirst damit beschäftigt sein, unseren Nachwuchs großzuziehen.“

Jetzt ist der Ausdruck ihres hübschen kleinen Gesichts so finster wie eine Gewitterwolke. Es ist bezaubernd, aber ich werde dieser Unterhaltung langsam überdrüssig. „Den Teufel werde ich tun!“, bellt sie.

Wo ich herkomme, kennen die Frauen ihren Platz. Sie behandeln Männer mit Ehrerbietung und Respekt. Und wenn sie es nicht tun, werden sie dazu gezwungen. Emma ist anders, und Frauen auf der Erde scheinen so erzogen zu werden, dass sie sich ihren männlichen Gegenstücken gleichgestellt fühlen, aber sie wird sich anpassen müssen.

Ich greife nach ihrer schlanken, blassen Kehle. Sofort erstarrt sie. Ihr Puls flattert wild gegen meine Fingerspitzen, während sie zu mir aufschaut. Ich könnte ihr im Handumdrehen das Genick brechen, und doch funkelt in ihren Augen Trotz. Ich muss ihren Mut bewundern.

„Du wirst tun, was man dir sagt“, entgegne ich mit leiser Stimme. „Oder ich werde dich zwingen.“

Zu meinem absoluten Erstaunen reagiert sie augenblicklich. Ihre Augen werden trüb, und ich spüre ihre Erregung viel stärker. Könnte es sein, dass sie es genießt, bedroht zu werden?

Sicherlich nicht.

„Du wirst tun, was ich dir sage, kleine Emma“, fahre ich fort und beobachte sie aufmerksam, um zu sehen, wie sie auf jedes Wort reagiert. „Oder ich werde dich bestrafen, bis du es tust.“

Ihr Stöhnen ist fast unhörbar.

Fast.

Ich kann spüren, wie ihr Verlangen durch unsere Verbindung pulsiert.

Als ich meine freie Hand zwischen ihre Schenkel schiebe, bin ich nicht überrascht, dass sie tropft, ihre Muschi ist geschwollen und fühlt sich heiß an.

„Erregt dich dieser Gedanke?“, frage ich, finde die kleine Erhebung, die ihr so viel Freude schenkt, und ziehe winzige Kreise um sie. Erstaunlich, dass die Androhung von Strafe sie so sehr erregen kann, aber wenn es das ist, was sie will ...

„Nein“, wimmert sie und schließt die Augen, wobei ihre langen Wimpern auf ihrer geröteten Haut flattern.

„Du lügst“, knurre ich und drücke ihren Lustknopf wie wild. „Lüg mich niemals an, Emma.“

Sie stößt einen Schrei aus, der demjenigen nicht unähnlich ist, den sie von sich gibt, wenn sie zum Höhepunkt kommt, und er schießt direkt in meine Leistengegend.

Ulf, ich bin hart.

„Bitte“, flüstert sie. „Bitte nicht ...“

„Was nicht?“, frage ich, als sie nicht weiterspricht.

„Tu mir das nicht an ...“

„Was antun?“ Ich drücke meine Handfläche gegen ihre durchnässte Muschi und beginne zu reiben, genieße die Art, wie ihre geschwollenen Lippen über meine Haut gleiten. „Das etwa?“

„Oh, verdammt ..."

Sie lehnt an der Wand, und meine Hand um ihren Hals hält sie fest, aber ich merke trotzdem, wie ihre Knie nachgeben.

Plötzlich wird mir bewusst, wie viel Macht ich über sie habe. Ich kann sie dazu bringen, sich gut zu fühlen, ich kann ihr Schmerzen bereiten, ich kann sie schreien oder weinen oder nach Luft schnappen lassen. Das ruft den elementarsten Teil von mir auf den Plan - den Ur-Jäger. Sie ist schwach. Sie ist Beute. Ich kann mit ihr machen, was ich will.

Ich kann nicht mehr klar denken. Ich reagiere einfach instinktiv. Ich ziehe meine Hand zwischen ihren Beinen fort, verändere meinen Griff an ihrer Kehle, sodass ich nun ihren Nacken festhalte, drehe sie herum und beuge sie nach vorn. Ich schiebe den Saum ihres Gewandes über ihre Pobacken hoch, hebe meinen Arm und schlage mit meiner Handfläche so fest ich kann auf eine der prallen, weißen Arschbacken.

Der Hieb hallt durch den Raum, und Emma stößt einen erstickten Schrei aus - doch es schwingt Gier in ihrem Ton mit, nicht Schmerz.

„Oder das? Gefällt dir das?", knurre ich.

Es gibt einen perfekten Abdruck meiner großen Hand auf ihrer blassen Haut. Die Ränder sind erhaben und scharlachrot, und es muss ihr weh getan haben, aber alles, was ich riechen kann, ist ihr Nektar. Alles, was ich fühle, ist ihr Verlangen. Ich schlage sie erneut, auf die andere Backe.

„Wo ich herkomme, disziplinieren wir die Frauen so", sage ich ihr. „Doch es macht ihnen keinen Spaß. Ich habe das Gefühl, dass du es genießt ..."

„Nein!", schreit sie.

„Lüg mich nicht an!" Plötzlich bin ich wütend auf sie, weil sie unehrlich ist, weil sie denkt, dass ich so dumm bin, dass ich nicht genau weiß, wie erregt sie ist. Ich drücke sie weiter nach unten und lasse meine Wut an ihrem nackten Hintern aus, indem ich so schnell wie möglich harte Schläge darauf herabregnen lasse, bis ihre Arschbacken ein heißes Rosa sind, mit roten Malen, die durchscheinen, da sie bereits anfängt, blaue Flecken zu bekommen.

Emma bleibt die ganze Zeit über völlig ruhig, versucht nicht, sich aus meinem Griff zu befreien, bettelt nicht darum, dass ich aufhöre - sie erträgt die Bestrafung einfach, bis ich entscheide, dass sie genug hat.

Ihre entblößte Fotze glänzt reichhaltig vor Lust, und ihr Keuchen begleitet die Schläge.

Ich ignoriere den pochenden Schmerz in meinem Schwanz und gleite erneut mit meiner Handfläche über den steifen kleinen Knopf zwischen ihren Schenkeln und zupfe ihn hin und her.

Emma heult erstickt auf und kommt hart, ihr ganzes Geschlecht zieht sich zusammen und spritzt glitschig in meine Hand.

Ich lasse nicht locker, ich drücke meine raue Hand weiter gegen ihre pochende Muschi, auch nachdem sie ihren Höhepunkt erreicht hat, bis sie schließlich bettelt und sich windet und versucht, sich von der Stimulation zu lösen.

Ich verpasse ihr einen harten Schlag zwischen die Beine, dann beuge ich mich vor und schmiere ihr eigenes Gleitmittel über ihren Mund, Nase und Kinn. „Das hier beweist, dass es dir Spaß macht, bestraft zu werden", knurre ich. „Es beweist, dass du mich angelogen hast. Lüg mich verdammt noch mal nie wieder an."

Ich kontrolliere sie, demütige sie, bestrafe sie ... Und was sie als Nächstes tut, ist fast mein Verderben.

Emma öffnet ihren Mund und fängt an, ihren Honig von meinen Fingern zu lecken.

Ich reiße die Hand weg, gebe meine ungezügelte Erektion frei und stoße mit in einer einzigen fließenden Bewegung tief in ihre enge, feuchte Hitze, ficke sie von hinten, greife ihre Hüften, um sie festzuhalten, während ich mir nehme, was mir gehört.

Es ist so ein heißer Anblick: Emma steht tief gebückt, weich und widerstandslos, während ich in sie stoße. Ihre scharlachroten, gesprenkelten Arschbacken prallen bei jeder meiner Bewegungen gegen mein Becken.

Ich greife nach unten, kämme mit den Fingern durch ihr Haar und packe es fest am Ansatz, nahe der Schädelbasis und ziehe sie nach oben, bis sich ihr Rücken wölbt und ich sie mit der Gewalt meiner Stöße fast vom Boden hebe.

So etwas habe ich noch nie erlebt - alles andere hört auf zu existieren. Nichts ist wichtig, außer der Art und Weise, wie diese Frau in meinen Armen zittert, der berauschende Duft ihres Nektars, wie sich ihre enge Fotze um meinen Schwanz spannt, wenn ich tief eintauche.

Ich lege den freien Arm um sie und drücke sie mit dem Rücken an meine Brust, dann presse ich sie gegen die glatte silberne Wand und kappe die letzte Leine, an der meine Selbstbeherrschung hing, während ich sie mit all der Wildheit ficke, die meine Brunst verlangt.

Sie stößt unregelmäßige Atemzüge aus, und als ich spüre, wie sie sich um mich zusammenzieht, beginnt mein Knoten zu anzuschwellen. „Jetzt", knurre ich und will, dass sie mit mir zum Höhepunkt gelangt.

Mein Befehl wirkt. Emma erschaudert, ihre Fotze krampft sich um mich zusammen, als sie kommt. Ihr Stöhnen verwandelt sich in einen Schrei, als mein Knoten sich ausdehnt und sie schmerzhaft weit dehnt.

Mein eigener Orgasmus schießt mit erstaunlicher Wucht durch mich hindurch, und ich kann mein Gebrüll nicht unterdrücken, als mein Schwanz immer wieder zuckt und ich die kleine Omega bis zum Rand mit Strängen meines dicken, heißen Spermas fülle.

Emma ist wie geschaffen für diese Aufgabe.

Für mich gemacht.

NEUNTES KAPITEL

Emma

Was zum Teufel ist nur los mit mir? So sehr mich Khan wütend macht, wenn er in meiner Nähe ist ... sobald ich seinen berauschenden Duft rieche ... sobald er schnurrt ... bin ich machtlos, ihm zu widerstehen. Ich habe gehört, dass *der Paarungstrieb* als Begriff in Dokumentarfilmen über Wildtiere verwendet wird, aber ich hätte nie gedacht, dass ein Mensch jemals auch nur annähernd so ein ursprüngliches, verzweifeltes Verlangen verspüren könnte.

Und ich will nicht einmal schwanger werden.

Eine Schwangerschaft wäre mein schlimmster Albtraum.

Bei all seinem Gerede über Fortpflanzung, ist es für Khan biologisch eigentlich möglich, mich zu schwängern? Schließlich sind wir zwei völlig verschiedene Spezies, wenngleich es einige körperliche Ähnlichkeiten gibt.

Was zum Teufel war überhaupt in dem Serum, das mir der Ogsul injiziert hat? Irgendwelche Fruchtbarkeitshormone? Kein menschlicher Körper sollte in der Lage sein, solche Mengen an vaginalem Schmiermittel zu produzieren ... Ich war schon vorher feucht - ich würde mich sogar gelegentlich als durchnässt bezeichnen - aber was Khans Nähe in meiner unteren Region auslöst, bringt das Ganze auf ein komplett neues Level.

Es ist wie ein Tsunami aus Mädchensäften.

Als sein Knoten so weich wird, dass ich mich befreien kann, tue ich genau das und staune einmal mehr über die Rinnsale meines Nektars und seines Spermas, die an den Innenseiten meiner Beine herunterlaufen.

„Ich möchte noch einmal duschen", sage ich und rechne fest damit, dass er widerspricht.

Stattdessen nickt er nur. „Weißt du noch, wo es ist?", fragt er.

„Ja, weiß ich. Du kommst nicht mit?" Um ehrlich zu sein, bin ich dankbar für die Chance, allein zu sein, aber ich habe keine Ahnung, ob ich die Dusche selbständig zum Laufen bringen werde.

„Ich muss mich vergewissern, dass wir noch auf Kurs sind", sagt er und rückt seinen Waffenrock zurecht.

Natürlich ... Wir sind in einem Raumschiff auf dem Weg zu seinem Planeten.

Sein verdammter Planet. Nicht die Erde. Mistkerl.

Eine weitere Welle der Wut durchfährt mich, aber ich schlucke sie hinunter. Wenn er meinen Missmut spürt, zieht er wahrscheinlich diese Nummer mit dem Schnurren ab, und das hat auf mich die gleiche Wirkung wie ein Schlaflied auf ein quengeliges Baby.

Im Moment bevorzuge ich einfache, unverfälschte Wut. Das hilft mir, mich auf meinen Plan zu konzentrieren.

„Okay", sage ich und ziehe den Bademantel enger um mich. „Ich schätze, wir treffen uns dann wieder hier?"

„Emma", sagt er und macht einen Schritt auf mich zu.

Seine glitzernden dunklen Augen sind verengt, sein Blick konzentriert. „Denk nicht mal daran, wegzulaufen. Du kannst nirgendwohin. Wir sind auf einem kleinen Schiff in den Tiefen des Weltraums. Du willst mich doch nicht wütend machen, oder?“

Ich hatte eigentlich gar nicht an eine Flucht gedacht - und er hat recht. „Habe ich nicht vor“, versichere ich ihm. „Ich will mich nur frisch machen. Und wie du schon sagtest, ich kann nirgendwo hin.“

Diese Worte verfolgen mich, als ich mich auf den Weg zurück ins Bad begebe und auf die Schalttafel mit den Hebeln und Reglern starre. Ich fühle mich, als bräuchte ich einen Ingenieursabschluss, nur um das Wasser zum Laufen zu bringen. Nach einigen fehlgeschlagenen Versuchen klappe ich einen Hebel hoch, drehe einen Knopf, und das Wasser schießt aus dem Hauptduschkopf. Das nehme ich.

Ich hänge den Bademantel an einen Haken, trete in die Glaskabine und schrubbe mich zwischen den Beinen und an den Innenseiten der Oberschenkel. Meine Gedanken rasen mit einer Million Meilen pro Minute.

Die guten Seiten zuerst: Für einen außerirdischen Entführer ist Khan gar nicht so schlecht. Er ist ziemlich attraktiv, wenn man auf große, muskulöse, grüblerische Typen mit Tattoos steht, und er verschafft mir mit einer Leichtigkeit multiple Orgasmen, die eigentlich illegal sein sollte. Wie er selbst sagte, könnte ich es viel schlimmer treffen. Ich könnte gefesselt sein und von einer beliebigen Anzahl der abscheulichen Kreaturen, die bei der Auktion auf mich geboten haben, gruppenvergewaltigt werden.

Ich könnte tot sein.

Ich bin weder das eine noch das andere, was ein guter Anfang ist.

Nun zu den negativen Aspekten, von denen es leider mehrere gibt. Ich bin nur Gott weiß wie weit von der Erde entfernt und sitze in einem Raumschiff fest, das sich gerade auf dem Weg zu Khans Planeten befindet. Dort ist er anscheinend eine Art König. Er will mich zu seiner Königin machen und viele Babys mit mir zeugen. Wenn das passiert, werde ich meine Freunde und meine Familie nie wieder sehen. Ich werde nie wieder die Karriere auskosten können, für die ich mir den Arsch aufgerissen habe. Ich werde nichts weiter sein als eine preisgekrönte Zuchtstute, die dazu da ist, Erben und Ersatz zu produzieren. Und was, wenn Khan meiner überdrüssig wird? Was ist, wenn die Männchen seiner Spezies mehrere Frauen haben? Was ist, wenn es auf ihrem Planeten eiskalt oder kochend heiß ist? Was ist, wenn ihr Essen und Trinken nur aus diesem geschmacklosen, körnigen Brei und einfachem Wasser besteht?

Kann ich ohne Kaffee leben? Ohne Schokolade? Donuts?

Einen Scheiß kann ich!

Doch er hatte recht, als er sagte, dass es für mich im Moment kein Entkommen gibt. Nicht, solange ich mich auf diesem Schiff befinde. Wäre dies dasselbe Schiff, mit dem ich gekommen bin, könnte ich nach dem Wurmloch suchen, das mich hierher geschleudert hat. Aber ich bin mir mittlerweile zu hundert Prozent sicher, dass ich - nach meinem Fall durch den Schlamm - auf dem Raumschiff gelandet bin, auf dem die Auktion stattfand. Das schien viel größer zu sein und war mit allen möglichen Sorten von Außerirdischen gefüllt.

Khan muss mich auf sein Schiff gebracht haben, nachdem ich zum ersten Mal in seinen Armen ohnmächtig wurde.

Welch Freude.

Als ich aus der Duschkabine trete, wickle ich den Bademantel um mich. Ich habe mir nicht die Mühe gemacht, meine Haare noch einmal zu waschen, das war nicht nötig.

Die Stelle, an der er mich gebissen hat, pulsiert erneut.

Ich greife immer wieder nach oben, um sie zu berühren, trotzdem es wehtut. Es ist fast wie ein Zwang.

Tatsächlich fühlt sich vieles so an, seit ich Khan getroffen habe. Ich ertappe mich ständig dabei, dass ich Dinge tue, die ich eigentlich nicht tun will. Auf ihn zugehen, anstatt von ihm wegzulaufen. Mich seltsam ruhig fühlen, obwohl ich allen Grund zur Panik hätte. Mich von ihm durchficken lassen, auch wenn ich ihn am liebsten erwürgen würde ...

Wieder in dem Raum mit dem Tisch, den Stühlen und den Fenstern angekommen, fange ich an, hin und her zu tigern, verschränke die Hände hinter dem Rücken und marschiere auf und ab wie ein streitlustiger Schulleiter. Das Gehen hilft mir manchmal, meine Gedanken zu ordnen.

Gut, Emma. Der Rettungsplan. Du steckst in dieser Situation. Was wirst du tun, um da rauszukommen?

Im Moment habe ich nicht wirklich viele Möglichkeiten. Ich muss mitspielen und mich von Khan zu seinem Planeten bringen lassen. Die Technologie der Ulfarri scheint weitaus fortschrittlicher zu sein als unsere, also vielleicht gibt es dort jemanden, der mir helfen kann, zur Erde zurückzukehren.

Oder ich könnte ihn immer noch dazu überreden, den Kurs zu ändern und mich nach Hause zu schaffen, ehe wir seinen Planeten überhaupt erreichen. Obwohl ich zugeben muss, dass das gar nicht so wahrscheinlich ist.

Ich seufze und streiche mir die Haare über die Schulter, bevor ich wieder weiterlaufe. Ich hätte vorher nicht an Kaffee denken sollen. Jetzt will ich unbedingt einen. Ich will einen Grande Latte Macchiato, mit Schlagsahne und Karamellspritzern ...

Ich möchte auch noch etwas anderes. Decken. Ich will warme, weiche Decken und Duftkerzen und Plüschtiere. Große, niedliche Plüschtiere, wie den riesigen flauschigen Delfin, den ich als Kind bekommen habe.

Warum sollte ich etwas von diesem Zeug wollen?

Um ein Nest zu bauen.

Ich höre diesen Satz ganz deutlich, als ob ich ihn laut gesagt hätte - ich habe ihn sogar in meiner eigenen Tonlage gehört. Aber ich bin mir sicher, dass sich meine Lippen nicht bewegt haben. Ich habe ihn nicht wirklich ausgesprochen.

Höre ich mich selbst denken?

Oh fuck, ist es das jetzt? Verliere ich endlich den Verstand?

„Kleine Emma." Khan ist zurückgekehrt, und in meinem Unterleib regt sich ein Gefühl der Sehnsucht, sobald er nur noch wenige Meter entfernt ist.

Wird er immer diese Wirkung auf mich haben? Ich fange an, mich wie eine Nymphomanin zu fühlen.

„Khan", erwidere ich, trete ein paar Schritte zurück und versuche, den dunklen, dekadenten Duft, der meine Klitoris kribbeln lässt, zu unterdrücken.

„Hat dir die Dusche gutgetan?"

„Nun, ich habe sie zum Laufen gebracht, was für mich ein Gewinn ist", sage ich.

„Gut. Brauchst du sonst noch etwas? Wir werden bald auf Ulfaria landen", informiert mich Khan.

Großartig. „Wie bald?"

Er zuckt mit einer massiven, breiten Schulter. „Etwas später heute."

Ich lasse das einen Moment lang auf mich wirken. Gott, ich bin so müde. Ich möchte mich an einem weichen Ort zusammenrollen und wegdämmern. Wie kann ich um das bitten, was ich brauche, ohne wie eine Fünfjährige zu klingen?

„Bett", sage ich schließlich. „Ich möchte ins Bett gehen."

Khans Gesicht erhellt sich und ich fluche innerlich. „Nicht zur Paarung", werfe ich ein. „Zum Ausruhen."

„Ausruhen?"

„Schlafen. Ich bin müde", gebe ich zu. Es ist wahr. Ich weiß nicht, wie spät es ist oder was für ein verdammter Tag es ist, aber ich habe das Gefühl, ich könnte mindestens vierundzwanzig Stunden durchschlafen, wenn ich die Gelegenheit dazu hätte.

„Dann lass uns schlafen", entgegnet er, und im nächsten Moment hat er mich in seine massigen Arme genommen und trägt mich in das Zimmer mit dem Bett.

Obwohl ich dagegen ankämpfe, weiten sich meine Nasenlöcher, und ich atme ihn ein, genieße die Art, wie sein Moschus meine Nervenenden in Brand setzt. Meine Brustwarzen spannen sich unter dem Bademantel, und ich muss meine Schenkel wegen des unerbittlich pochenden Schmerzens zwischen ihnen zusammenpressen.

Werde ich jemals aufhören, ihn zu begehren?

ZEHNTES KAPITEL

Khan

Bevor ich Emma traf, habe ich noch nie für ein Weibchen geschnurrt. Das war auch gar nicht nötig - Knurren und Schnurren funktioniert nur bei Omegas, und da ich noch nie in der Brunst war, hatte ich nie den biologischen Drang dazu.

Ich liebe die Art, wie mein Knurren ihren Körper beeinflusst. Die Art und Weise, wie sich ihre Pupillen erweitern und ihren Blick verdunkeln, wie sie atemlos nach Luft schnappt, während die Säfte in ihre Möse fließen.

Ich finde es toll, wie mein Schnurren auf sie wirkt. Egal wie wütend oder aufgebracht sie ist, sobald ich anfange zu schnurren, wird sie sanftmütig und nachgiebig, fast wie ein Kind. Das Beste von allem ist, dass ihr schönes Gesicht weicher wird und sie tatsächlich zufrieden zu sein scheint.

Das ist der einzige Moment, in dem sie es tut.

Ich beobachte sie beim Schlafen und genieße jede Kurve,

jede Linie, jede Beschaffenheit und Farbe ihres wunderschönen Körpers und Gesichts. Ich sollte wirklich gehen und sicherstellen, dass wir immer noch auf Kurs sind, und dass es keine Probleme mit der Besatzung gibt - sie haben mich nicht mehr gesehen, seit ich meine neue Gefährtin an Bord gebracht habe.

Doch es ist so schwer, mich von ihr loszureißen.

Es gibt neun Haupt-Alpha-Könige auf Ulfaria. Ich bin einer von ihnen. Aber während die anderen es bevorzugen, zu Hause zu bleiben und ihre jeweiligen Königreiche zu regieren, ziehe ich lieber los, um die großen Mysterien des Weltraums zu erforschen. Jeder, der mich fragt, weshalb, erfährt von meinem Sinn für Abenteuer, meiner Rastlosigkeit, meinem Hunger nach neuem Wissen, neuer Technologie und neuen Erfahrungen.

Was ich ihnen nicht erzähle, ist der eigentliche Grund, warum ich begann, das Universum zu bereisen, sobald ich erwachsen war.

Ich wollte meine Partnerin finden.

Ich bin reich, ich bin geachtet, ich kann tun und lassen, was ich will. Es gibt nur eine Sache, die in meinem Leben fehlt, und das ist zufällig das, wonach ich mich immer gesehnt habe: eine Familie.

Meine Eltern starben, als ich noch klein war, und ich habe keine Geschwister. Das mag der Grund sein, warum ich die Einsamkeit intensiver spüre als die anderen Könige, die ihre Omega-Königin noch nicht gefunden haben. Deswegen gebe ich mich nicht damit zufrieden, in meinem Palast zu sitzen und Ulf dafür zu verfluchen, dass er mich zu einem Alpha gemacht hat, wo doch Omegas so selten sind - und das Seelenband noch seltener. Deshalb habe ich beschlossen, etwas gegen mein Los zu unternehmen und zu den Sternen aufzubrechen, um Omegas für meinen Planeten zu aufzustöbern.

Aber ich hätte mir nie träumen lassen, dass ich eine so perfekte Omega finden würde. Und nicht irgendeine Omega, sondern diejenige, die dazu bestimmt war, meine Gefährtin zu sein.

Mein Schicksal.

Emma schläft jetzt fest, ihr Brustkorb hebt und senkt sich rhythmisch. Ihr weiches, glänzendes Haar liegt ausgebreitet auf dem Kissen. Ich beuge mich vor, um ihren Duft zu genießen. Ihre sinnlichen Lippen sind leicht geöffnet. Mir läuft das Wasser im Mund zusammen, doch ich widerstehe dem Drang, sie zu lecken.

Ihr süßer, weiblicher Duft dringt noch immer in jede meiner Zellen ein, aber sie muss sich ausruhen. Sie hat in kurzer Zeit so viel durchgemacht.

Trotzdem kann ich nicht verstehen, warum sie nicht mit mir nach Ulfaria kommen will. Weshalb war sie so empört, als ich ihr mitteilte, dass sie meine Königin werden soll?

Schließlich reagiert ihr Körper auf den meinen genauso wie meiner auf den ihren. Und nichts in allen Galaxien könnte mich von ihr fernhalten, nun, da ich sie gefunden habe. Nicht jetzt, da ich die Bindung gespürt habe. Der bloße Gedanke, auch nur für eine gewisse Zeit von ihr getrennt zu sein, reicht aus, damit sich mein Magen schmerzhaft verdreht und ein scharfer Schmerz in meiner Brust zu spüren ist.

Sicherlich empfindet sie genauso?

Obwohl ich seit Jahrzehnten nach einer entsprechenden Omega suchte, hätte ich nie erwartet, tatsächlich meine Seelenverwandte zu finden. Ich hatte gehofft, dass das Ogsul-Serum bei einem attraktiven Weibchen so weit wirken würde, dass ich bei ihrem Geruch in die Brunst komme. Wenn der Duft einer Omega-Frau mich in Paarungsbereitschaft versetzt, kann ich sie schwängern, unabhängig davon, ob wir ein Seelenband haben oder nicht. Und ich hatte den Punkt erreicht, an dem ich mich damit zufriedengegeben hätte: ein Weibchen, das ich ansprechend finde und mit dem ich mich fortpflanzen kann.

Doch da ist etwas bei Emma ... was ich fühle, wenn sie in meinen Armen liegt, geht so viel tiefer als Anziehung. Tiefer sogar als die Brunst. Ich kann nicht erklären, warum oder wie, aber ich habe keinen Zweifel, dass wir seelenverwandt sind. Ihr den erforderlichen Biss zu geben, war rein instinktiv. Ich hätte mich nicht davon abhalten können, es zu tun, genauso wenig wie ich mein Blut nicht daran hindern könnte, durch meine Adern zu strömen. Mein Glück, sie zu finden, übersteigt meine kühnsten Träume, wenn sie also denkt, ich würde sie gehen lassen ...

Allein der Gedanke daran, die Vorstellung, den Kurs des Schiffes zu ändern und sie zurück zur Erde zu bringen, um sich für immer von ihr zu verabschieden ... das reicht aus, damit meine Brust sich qualvoll zusammenzieht und ich vor Kummer zu brüllen anfange.

Ich könnte das nie tun.

Meine Zähne haben einen leuchtend scharlachroten Kreis auf ihrem Hals hinterlassen, und obwohl das Fleisch geschwollen ist und schmerzhaft aussieht, rast mein Herz in meiner Brust, wenn ich es mir ansehe.

Mein Zeichen.

Auf meiner Gefährtin.

Die ewige Bindung zu mir.

Ich höre auf zu schnurren und werde sofort wieder hart. Die Brunft ist wirklich so mächtig und allumfassend, wie es die Legenden erzählen. Ein eindringlicher Puls pocht durch meine Leistengegend und mein Sack schmerzt vor Verlangen. Ich widerstehe dem Drang, Emma zu berühren, eine pralle, blasse Brust zu umfassen, die rosafarbene Knospe ihrer Brustwarze zwischen meinen Fingerspitzen zu rollen, bis sie sich strafft und sie einen dieser entzückenden Lustlaute von sich gibt, die ich ihren Lippen gerne entreiße.

Wie würde sie reagieren, wenn ich ihr in die Nippel kneifen oder sie beißen würde? Ihre Reaktion auf Schmerz ist ebenso erregend wie erstaunlich. Normalerweise muss ich bei Frauen besonders vorsichtig sein, wenn ich sie ficke, um sie nicht zu verletzen - wir Ulfarri sind bekannt für unsere Größe und Stärke. Immerhin stammen wir von Generationen von Kriegern ab. Aber bei Emma kann ich grob sein. Ich kann fordernd sein. Ich kann etwas von meiner Kontrolle abgeben und mich meinem niederen körperlichen Instinkt hingeben. Sie genießt das sogar.

Ich schließe die Augen, atme tief ein und balle die Fäuste, um mich daran zu hindern, nach ihr zu greifen. Sie braucht Ruhe. Und wenn sie auch dann noch schläft, wenn ich mit dem Schnurren aufgehört habe, werde ich nach der Mannschaft sehen. Sie müssen Anweisungen für unsere Rückkehr nach Ulfaria erhalten. Die Vorbereitungen müssen getroffen werden. Der Palast muss hergerichtet werden.

Und dann ist da noch die Sache mit dem Omega-Serum. Wenn die Ogsul eine Möglichkeit haben, neue Omegas mit Hilfe von Mee-Nschen herzustellen, dann gibt es für jeden Alpha auf Ulfaria Hoffnung. Für jeden Alpha auf Ulfaria ... und darüber hinaus. Die Könige meines Planeten werden bald Wind von meiner Rückkehr mit einer Omega bekommen. Sie werden sie begehren, vielleicht sogar versuchen, sie zu stehlen.

Sie können es probieren, doch sie werden scheitern. Ich werde jeden vernichten, der versucht, mir zu nehmen, was mir gehört.

Emma wimmert und ich schaue ihr ins Gesicht, aber ihre Augen sind immer noch geschlossen. Ich merke, dass ich knurre, und ändere den Ton wieder in ein sanftes Schnurren. Mit den Königen werde ich mich später befassen. Zuerst muss ich meine Leute anweisen, mehr Serum zu kaufen, zu tauschen oder zu stehlen. Und dann müssen wir mehr Mee-Nschen auftreiben. Wir müssen herausfinden, warum das Serum bei Emma so gut gewirkt hat und wie sie überhaupt auf einer Ogsul-Auktion gelandet ist.

Das habe ich sie noch nicht gefragt. Es gibt so wenig, was ich über sie weiß. Aber ich beabsichtige, alles herauszufinden. Sie wird keine Geheimnisse vor mir haben, so wie ich keine vor ihr verbergen werde.

Ich streichle ihr Haar, und als sie sich nicht rührt, zwinge ich mich trotz meines Widerwillens, aufzustehen. Ich werde sie jetzt ausruhen lassen und wenn wir nach Hause zurückgekehrt sind und die Formalitäten erledigt haben, können wir uns ins Bett legen und dort bleiben, bis Paarungsbereitschaft abgeklungen ist.

Ich kann es kaum erwarten.

Ich werfe ihr einen letzten Blick zu, um mich zu vergewissern, dass sie noch schläft, zwinge mich, die Aufmerksamkeit von meinem pochenden Schwanz abzuwenden und drücke den Knopf, um die Tür zu öffnen.

Ein Kapitän trägt Verantwortung, und ich muss mich um meine Mannschaft kümmern. Wenn ich zurückkomme, wird sie aufwachen und wir werden wahrscheinlich Zeit für einen weiteren Fick haben, bevor wir landen. Wenn mich die letzten Tage etwas gelehrt haben, dann, dass das was lange währt, endlich gut wird ...

ELFTES KAPITEL

Emma

DER SCHREI DRÖHNT in meinen Ohren und reißt mich aus dem tiefsten Schlaf, den ich je hatte. Ich öffne hastig die Augen. Mein ganzer Körper zittert, der Schrei kommt von mir ... Und ich bin mitten im längsten und härtesten Höhepunkt meines Lebens.

Ich höre auf zu schreien, aber ich bin starr, meine Bauchmuskeln sind angespannt, mein Geschlecht krampft sich rhythmisch zusammen, als eine ekstatische Welle nach der anderen von meiner Klitoris ausgeht und durch meinen ganzen Körper rollt. Ich bin mir vage bewusst, dass Khan neben mir auf dem Bett sitzt und auf mich herabschaut, während ich hilflos zittere.

Sein Gesichtsausdruck ist eine Mischung aus Stolz und Verlangen, und ich kann nichts anderes tun, als ihn anzustarren, wie er mit seinen geschickten Fingerspitzen jedes Pochen aus meiner Perle herauskitzelt.

Als der letzte Impuls abgeklungen ist, öffne ich den Mund, um etwas zu sagen, aber meine Worte verwandeln sich in ein Keuchen, als er ohne Vorwarnung zwei lange, massive Finger in mich hineinschiebt und beginnt, sie auf und ab zu bewegen, wobei er meinen G-Punkt auf eine Art und Weise streichelt, die meine Zehen kribbeln und mein ganzes Inneres vor Intensität zusammenziehen lässt.

Ich gebe Geräusche von mir, die ich noch nie zuvor gemacht habe, während er mich mit rücksichtsloser Entschlossenheit mit den Fingern fickt und im nächsten Moment spüre ich, wie die Nässe auf meine Haut spritzt ... auf meine Brust, mein Gesicht ...

Khan bringt mich zum Squirten. Ich squirte sogar auf mich selbst.

Es ist erniedrigend.

Und es ist so gut, dass ich vor lauter Genuss ohnmächtig werden könnte.

Ich versuche, einen Gedanken zu fassen, doch es gibt nichts anderes - nur diese große Bestie von einem Alpha, der mich zu Höhen der Ekstase zwingt, von denen ich bisher nur in Büchern gelesen habe.

Khan schaut immer noch auf mich herab, der Anflug eines Lächelns umspielt seine Lippen. Sein riesiger Arm ist der einzige Teil von ihm, der sich bewegt - er lässt mich scheinbar ohne jede Anstrengung los.

Ich hasse es, dass er diese Wirkung auf mich hat.

Ich will ihn mit einer Verzweiflung, die mich erschreckt.

„Bitte", schaffe ich es zu sagen, ohne zu wissen, worum ich ihn überhaupt anbetteln soll. „Bitte ..."

Mit glühenden Augen nimmt er seine Hand von meiner Mitte und hält sie über mein Gesicht, sodass mein eigener Saft über mein Kinn und in meinen Mund tropft.

Es ist demütigend und sinnlich, und ich ertappe mich dabei, wie ich gierig meine Lippen öffne und mir etwas davon auf die Zunge tropfen lasse, während ein erneuter Blitz der Lust durch meinen Unterleib schießt.

Dann beugt er sich zu mir hinunter, um mich zu küssen, und der Geschmack und der Duft von ihm erregen mich nur noch mehr. Ich erwidere den Kuss hungrig, schmecke meine Erregung auf meiner Zunge und spreize meine Schenkel weiter auseinander. Er bewegt sich, seine Lippen sind immer noch mit meinen fest verhaftet, und schickt sich an, seine Finger durch seinen Schwanz zu ersetzen.

Meine Muschi ist so feucht, dass er trotz seines beträchtlichen Umfangs leicht in mich eindringt, und ich keuche in seinen Mund, während er mich Zentimeter für Zentimeter nimmt, mich weit dehnt und mich auf eine Weise ausfüllt, wie ich es vor ihm noch nie gefühlt habe.

Es ist, als ob unsere Körper füreinander geschaffen wären.

Khan beginnt sich langsam zu bewegen, unterbricht den Kuss und drückt sich hoch, bis er sich auf seine Ellbogen stützt, sein Bizeps spannt sich an, und er presst mich in die Matratze. Er fickt mich hart und tief, und ich schließe meine Augen, verloren in dem Gefühl.

„Nein", knurrt er, „sieh mich an!"

Ich habe keine andere Wahl, als zu gehorchen, und zwinge mich, meine Augen wieder zu öffnen, sein geknurrter Befehl reicht aus, um mich erneut an den Rand des Höhepunkts zu bringen.

Sein Becken übt köstlichen Druck auf meine Klitoris aus, und sein Schwanz reibt rhythmisch über den geschwollenen G-Punkt. Ich könnte ohnmächtig werden, wenn ich nicht bald komme, aber es baut sich immer noch auf ... baut sich auf.

Dann bewegt sich Khan noch einmal und platziert einen riesigen, tätowierten Unterarm über meiner Brust. Er hält mich fest und macht es mir unmöglich, mich vor Lust zu winden.

Ich kann mich nicht rühren, ich kann nicht atmen, ich kann nichts anderes tun, als dazuliegen und mir von diesem großen, prächtigen Biest, dessen Augen vor Lust fast schwarz geworden sind, das Hirn rausficken zu lassen.

Er brüllt und stößt hart zu, und das bringt mich um den Verstand. Weiße Flecken tanzen vor meinen Augen, während ich in eine Million Teile zerspringe. Der brennende Schmerz, der seinem Höhepunkt immer vorausgeht, dient nur dazu, meinen zu verlängern, und ich würde schreien, wenn ich noch Luft in meinen Lungen hätte.

Die heiße, feuchte Flut seines Spermas füllt mich, die Schübe kommen im Takt seiner Bewegungen. Khan ist so groß, dass ich seinen Schwanz pulsieren spüre, obwohl ich so nass bin, dass ich tropfe, und jetzt ertrinkt meine Muschi, weil er sie bis zum Überlaufen füllt.

Mit einem rauen, schaudernden Stöhnen nimmt Khan seinen Arm von meiner Brust, dann beugt er sich hinunter, um mich erneut zu küssen. Er gleitet mit seiner Zunge über meinen Mund und knabbert sanft an meiner Unterlippe, um mich von der sengenden Hitze zwischen meinen Beinen abzulenken, von dem Punkt, an dem wir immer noch vereint sind.

Obwohl ich schon dreimal gekommen bin, obwohl er noch in mir ist, will ich ihn wieder. Mein Körper reagiert in einer Weise auf ihn, die ich nicht kontrollieren kann, und das macht mir Angst.

Denn auch wenn es der beste Sex ist, den ich je hatte, mache ich mir Sorgen, dass es zu einer Sucht wird – eine Sucht, die umso schwerer zu durchbrechen sein wird, je öfter ich ihr nachgebe. Und da ich fest vorhabe, einen Weg zurück nach Hause zu finden, werden sich unsere Wege trennen müssen.

Es ist eine verdammte Schande, dass er mich für andere Männer ruiniert hat.

Für immer.

* * *

Khan

So sehr ich meine kleine Emma auch schlafen lassen wollte, als ich von meiner Mannschaft zurückkam, konnte ich mich nicht beherrschen.

Das lag zum Teil an ihrem Aussehen: ihre langen, schlanken, rosafarbenen Gliedmaßen, die sich blass von meinem Laken abhoben, ihr goldenes Haar, das ihr Gesicht umspielte, ihre leicht geschürzten Lippen.

Es war auch das Bedürfnis, sie noch einmal zu besitzen, vor allem nach dem, was im Kontrollraum geschehen war.

Ulf, hilf mir, dieser süße Mee-Nsch macht mein Leben ganz schön kompliziert.

Ich hätte ahnen müssen, dass etwas nicht stimmte, als ich das Cockpit betrat und Ebel, mein Leutnant, mich halb verlegen, halb wütend ansah.

„Wo in Ulfs Namen seid Ihr gewesen, Sir?", fragte er in einem wütenden Flüsterton. Dann, ohne eine Antwort abzuwarten: „Wir haben ein Problem. König Aurus verlangt eine Audienz. Und zwar sofort."

„Warum habt Ihr mich nicht kontaktiert?", schnauzte ich.

„Das habe ich. Mehrere Male." Sein Blick fiel auf mein nacktes Handgelenk. *Verdammt noch mal.* Ich hatte vergessen, das verfluchte Funkgerät nach dem Duschen wieder einzuschalten.

„Scheiße. Hat er lange gewartet?"

„König Aurus wartet auf niemanden, nicht einmal auf

einen anderen König", sagte Ebel. „Das wisst Ihr. Er hat gesagt, Ihr sollt euch bei ihm melden, sobald Ihr die Nachricht erhalten habt."

Ich seufzte und rieb mir den Nacken. Das war ungewöhnlich. Aurus interessiert sich sonst nur am Rande für meine Reisen und geduldet sich lieber bis nach meiner Rückkehr, um zu hören, ob ich etwas Interessantes zu berichten habe. „Gut", entgegnete ich und unterdrückte den Ärger in meiner Stimme, „verbindet mich mit ihm."

„Sofort, Sir", sagte Ebel und bewegte sich fließend zu der Schalttafel. Während er daran arbeitete, eine Kommunikationsverbindung zwischen uns und dem Goldenen König herzustellen, verzog ich mein Gesicht zu einem Ausdruck der Langeweile. Die Neun regieren Ulfaria gleichermaßen, aber wir bleiben in unseren eigenen Königreichen. Es gab eigentlich keinen Grund für Aurus, mich zu kontaktieren. Ist zu Hause etwas passiert? Wurde Ulfaria eingenommen?

„Khan." Aurus' tiefe Stimme hallte durch den Kontrollraum, sein markantes Gesicht füllte den Kommunikationsbildschirm. Seine goldenen Augen blitzten, und seine Lippen waren zu einem dünnen Strich zusammengepresst. Hinter ihm standen Reihen von Alphas in goldenen Rüstungen stramm. Eine Demonstration der Stärke. Vielleicht *wurden* wir angegriffen, dachte ich - aber dann würde Aurus fröhlich und aufgekratzt aussehen, nicht wütend.

„Aurus. Was verschafft mir die Ehre?" Ich zwang mich, ruhig und höflich zu klingen.

„Komm schon, Khan, du kennst die Antwort darauf", entgegnete Aurus. „Wir waren so aufgeregt, als wir die Nachricht hörten, dass wir beschlossen haben, uns selbst davon zu überzeugen."

„Sir", murmelte Ebel und berührte eine Schalttafel, um ein zweites Display mit einem erschreckenden Bild zu füllen.

Noch bevor ich hinsah, wusste ich, was mich erwartete -

und was ich auf dem Bildschirm entdeckte, bestätigte dies nur. Die waldbedeckten Berge meiner Heimat. Der Palast der Wasserfälle - mein Palast -, dessen unberührte Aussicht von einem goldenen Schiff neben dem anderen getrübt wurde. Aurus war mit seiner gesamten Flotte nach Altrim, in *mein* Königreich, gereist. Goldene Schiffe, so weit das Auge reichte, glitzerten in den vielen Sonnen Ulfarias und versperrten mir den Weg in meinen eigenen Hafen.

„Du hast mir noch nie ein Begrüßungskomitee geschickt", sagte ich mit fester Stimme und zwang mich, nicht die Fäuste zu ballen, falls er es doch sehen konnte.

„Du bist noch nie mit einer echten Omega zurückgekommen", erwiderte Aurus, und seine braunen Augen verfinsterten sich mit einem Gefühl, das ich nicht zuordnen konnte. Lust? Zorn? Verärgerung? „Wir haben eine Ratsversammlung einberufen, um uns selbst ein Bild zu machen. Du bringst sie zu diesem Treffen mit und erzählst uns, wie du eine Omega gefunden hast - die erste in einem ganzen Zeitalter."

Für einen kurzen Moment unterbrach ich den Blickkontakt mit ihm, um meine kleine Mannschaft zu mustern. Aurus wusste von Emma. Jemand hat die Information weitergegeben und mich verraten. Mochte Ulf ihm gnädig sein.

Ich nickte Ebel leicht zu, was er unverzüglich erwiderte. Er wird den Verräter aufspüren und herausfinden, wer von ihnen mein Vertrauen missbraucht und Aurus von Emma erzählt hat. Wer auch immer es ist, er wird den nächsten Sonnenaufgang nicht mehr erleben.

„Die Omega ist verängstigt und erschöpft", antwortete ich langsam. „Wir sind weit gereist. Zuerst werde ich sie in ihr neues Zuhause einführen und dann ..."

„Hattest du überhaupt *vor,* sie mir vorzustellen?" Aurus hebt eine Augenbraue.

Ich ignorierte die Unterbrechung. „Als meine Gefährtin

und Königin wird die Omega an meiner Seite über Altrim herrschen." Ich bemühe mich, die Stimme ruhig zu halten.

„Deine *Gefährtin*?" Aurus' Augen blitzten auf. „Du hast sie bereits markiert?"

Das besitzergreifende Knurren grollte aus meiner Brust. „Emma gehört mir. Meine Omega. Meine Gefährtin."

„Ist das so?" Aurus neigte seinen goldenen Kopf zur Seite. Hinter ihm bewegten sich seine Krieger leicht, und das Licht spiegelte sich auf ihren farbenprächtigen Rüstungen. „Würdest du dein Königreich darauf verwetten?"

„Ich würde mein Leben drauf wetten." Ich begegnete dem Blick des Goldenen Königs und weigerte mich, nachzugeben. Die Goldene Armee ist die größte auf Ulfaria, aber meine Schiffe sind schneller. Ich kann Ebel ein Zeichen geben und quer durch die Galaxis rasen, weit außerhalb seiner Reichweite, und Aurus weiß das. Und jetzt ist es klar: Ich würde alles für Emma aufgeben. Mein Leben. Meinen Planeten. Mein ganzes Königreich.

„Das ist nicht nötig", murmelte Aurus. Er erhob eine Hand und seine Krieger verschwanden. Das beruhigte mich jedoch nicht. Ich hatte noch mehr zu verhandeln. „Ich habe die Neun Könige zu einem Rat einberufen. Du und deine Emma", er säuselte ihren Namen, „seid eingeladen, daran teilzunehmen."

Das war eine Einladung, die ich nicht ablehnen konnte.

„Nun gut", grunzte ich. Aurus blinzelte. Hatte er erwartet, ich würde kämpfen oder fliehen? Ich hatte einen anderen Plan: Tauschhandel. „Beim Rat können wir über die neue Quelle sprechen, die ich gefunden habe - eine, die uns viele Omegas liefern kann."

Jeglicher Anschein von Aurus' Arroganz verschwand. „Ach?" Er lehnt sich in seinem Kapitänsstuhl vor. „Was ist das für eine Quelle? Sag es mir."

„Das werde ich. Bei der Ratssitzung." Meine Antwort

musste ziemlich selbstgefällig klingen, denn Ebel räusperte sich. Es war nicht klug, mit dem Goldenen König zu spielen. Seine Armee von Alphakriegern war größer als mein ganzes Land. Ich fürchte den Tod nicht, aber wenn ich weg wäre, gäbe es niemanden, der Emma beschützen könnte.

„Nun gut", bellte Aurus. „Wir werden das auf der Ratssitzung besprechen. Meine Schiffe werden dir Geleitschutz geben. Und denk daran", er zeigte mit dem Finger auf mich, „bring die Omega mit."

„Ich will dein Wort, dass meiner Omega und mir nichts passiert", knurrte ich zurück.

„Du hast mein Wort. Schaff sie her", befahl er.

Der Bildschirm wurde dunkel, bevor ich antworten konnte. *Verflucht seien Aurus und seine Arroganz.* Wenn er nicht die größte und tödlichste Armee von Alphas auf ganz Ulfaria besäße, würde ich ihn dafür bezahlen lassen. Und sollte er versuchen, mir meine Omega wegzunehmen ...

Das Blut rauschte in meinen Ohren. Mein Schwanz pulsierte mit dem Bedürfnis, die besagte Omega in Besitz zu nehmen. Allein der Gedanke, dass jemand anderes sie anfassen könnte, ließ mich blind vor Wut werden.

Mein Gebrüll hallte durch das Schiff, ich drehte mich auf dem Absatz um und stapfte direkt zurück in meine Kabine. Hier musste ich alle Willenskraft aufbringen, damit ich zuerst meine Gefährtin mit einem Höhepunkt weckte, bevor ich mich in ihre enge, feuchte Hitze stürzen konnte ...

Doch selbst jetzt, nach meinem eigenen Orgasmus, während ich noch tief in ihr vergraben bin, ist das Bedürfnis, sie zurückzuerobern und zu besitzen, so groß, dass ich nicht anders kann - ich beginne mich wieder zu bewegen.

Der Knoten dehnt sie immer noch, und Emma stößt beim ersten Stoß einen Schmerzensschrei aus, doch ich lasse meine Zunge über ihre Lippen gleiten und ihr Schrei wird zu einem Stöhnen der Lust.

Sie ist so weich, so nass, so warm. Und sie gehört ganz mir.

Ich dachte, der Brunfttrieb sei schon vorher stark gewesen, aber das hier hebt es erneut auf eine ganz andere Ebene. Als ob meine Lust durch Wut ersetzt worden wäre. Ein scharlachroter Schleier trübt meine Sicht, und ein Knurren bricht aus meinem Innersten hervor.

„Khan." In Emmas sanfter Stimme schwingt ein Hauch von Angst mit, ich nehme sie allerdings als etwas weit Entferntes, Unwichtiges wahr. Alles, was zählt, ist, dass ich sie wieder zu meiner Frau mache - und das werde ich, ob sie es will oder nicht.

Ich greife in ihr seidiges goldenes Haar, ziehe ihren Kopf zurück und versenke meine Zähne in ihrem Nacken, während ich sie in die feste Matratze stoße. Mein Schwanz fühlt sich riesig an, geschwollen, und trotzdem muss der Knoten weicher geworden sein, denn irgendwie kann ich jetzt freier stoßen und gleite fast ganz heraus, bevor ich wieder in sie ramme.

„Khan ..." Es ist teils ein Stöhnen, teils ein Keuchen und es lässt meine Brust schmerzen. Ihr Fleisch ist süß und würzig auf meiner Zunge, wenn ich über ihre Haut lecke, und die Einkerbungen, die meine Zähne an ihrem Hals hinterlassen haben, ablecke.

Ich richte mich auf, lecke von ihrer Schulter bis zu ihrer rechten Brust und beiße in die straffe rosa Brustwarze, bis sie aufschreit und sich windet und versucht, sich wegzubewegen, während sich ihre Möse um mich herum zusammenzieht. Dieses unwillkürliche Flattern der Unterwerfung treibt mich in den Wahnsinn, und ich tue das, was ich anscheinend nicht vermeiden kann, seit ich diese atemberaubende Kreatur zum ersten Mal gesehen habe: Ich verliere völlig die Kontrolle.

Wütend auf Aurus, weil er es gewagt hat, die Möglichkeit,

sie mir wegzunehmen, auch nur zu erwähnen. Wütend auf Emma, weil sie mir zum ersten Mal in meinem Leben Angst macht, lasse ich zu, dass die Brunst die Oberhand gewinnt, und handle aus reinem Instinkt.

Ich will ihre Schreie nicht hören, ich will nicht in ihre großen, ausdrucksstarken Augen schauen. Im Moment geht es nicht um Nachkommen oder Vergnügen - nicht einmal um mein eigenes.

Das Einzige, was zählt, ist, sie als mein Eigentum zu kennzeichnen und sicherzustellen, dass jeder Mann im Umkreis keinen Zweifel daran hat, dass sie mir gehört und tabu ist.

Ich bedecke ihren Mund mit meinem eigenen und presse ihre andere Brust fest zusammen, während ich mich aus ihr herausziehe. Dann drehe ich sie um und zwinge sie auf die Knie, platziere meine Hand auf ihrem Rücken, damit sie ihr Gesicht gegen das Bett drückt.

Ihr Arsch ist wie eine Speerspitze geformt. Ich spalte ihre glitschige Muschi mit meinem pochenden Schwanz, packe die prallen Backen und beginne dann, tief und hart zu stoßen.

Jedes Mal, wenn Emma versucht, aufzustehen, drücke ich sie wieder zurück, damit die Kissen ihre Schreie dämpfen. Da ich den Punkt überschritten habe, an dem es ein Zurück gibt, bin ich nicht gewillt, mögliche Ängste oder Schmerzen in ihrer sanften Stimme zu hören. Ich könnte jetzt nicht aufhören, sie zu ficken, selbst wenn mein Leben davon abhinge.

Selbst wenn sie mich anflehen würde.

Ich verdränge diese unangenehmen Gedanken und konzentriere mich nur auf die körperliche Empfindung - das Vergnügen, das von dem Punkt ausgeht, an dem sich unsere Körper vereinen und das sich in meinem ganzen Wesen ausbreitet.

Ich stoße fester zu, mein Höhepunkt droht mich bereits

zu überwältigen. Mein Knurren ist ohrenbetäubend - oder vielleicht ist es das Blut, das in meinem Kopf pocht. Wie auch immer, ich konzentriere mich auf die glatten Konturen ihres Rückens, wie schmal ihre Taille wird, bevor sie sich wieder zu dieser prallen Speerform wölbt, und darauf, wie ihr Duft jede meiner Poren erfüllt.

Mein Knoten ist dabei, sich erneut zu ballen. Ihre gedämpften Schreie werden lauter, und trotz des glitschigen Flusses, der an den Innenseiten ihrer Schenkel herunterläuft, spüre ich, wie sie beginnt, um meine steife Länge zu pulsieren.

Das wird mir zum Verhängnis. Ohne zu überlegen, reiße ich mich von ihr los, hebe sie hoch, drehe sie herum und werfe sie gerade noch rechtzeitig auf den Rücken.

Mein Höhepunkt ist so heftig, dass ich Sterne sehe, als mein Schwanz immer und immer wieder zuckt und Stränge meines Spermas herausspritzen, um ihr Gesicht, ihren Bauch, ihre Brüste und ihr Haar zu bedecken.

Es ist eine ursprüngliche Sache. Ich markiere sie. Sie wird meinen Samen und meinen Duft tragen, sie wird damit bedeckt sein, es wird für sie wie ein Ehrenzeichen und ein Talisman sein, um andere hungrige Männchen abzuwehren.

Als sich mein Orgasmus schließlich abschwächt, stoße ich ein letztes, raues Knurren aus, dann lasse ich mich neben ihr fallen und umklammere sie eisern, wobei mein eigenes Sperma auf meiner Haut klebt.

Mein Herz und mein Schwanz pochen im Gleichklang und ich fühle mich eher erschöpft und ausgelaugt als zufrieden.

Aber es gibt ebenso ein Gefühl der Erleichterung.

Niemand wird sie mehr anfassen.

Ich würde jeden töten, der es auch nur versuchen würde.

ZWÖLFTES KAPITEL

Emma

KHAN SCHNURRT. Ich liege da, bedeckt mit seinem Sperma, klebrig davon und vollkommen aufgewühlt von der Art, wie er mich gerade genommen hat, ohne sich um mein Vergnügen zu kümmern, und sein leises Schnurren macht es mir unmöglich, meine Gefühle zu äußern.

Der Sex, den wir vorher hatten, war hart, ursprünglich - sogar schmerzhaft -, aber was er soeben getan hat, hat mir eine völlig andere Seite an ihm gezeigt. Ich weiß nicht, wo er hin ist, während ich geschlafen habe, doch es ist klar, dass etwas passiert ist. Die Wut, die er ausstrahlt, ist wie etwas Greifbares, und selbst als er in mir war, fühlte er sich seltsam distanziert an, als wäre er nicht wirklich bei mir.

Zum ersten Mal, seit er mich auf sein Schiff gebracht hatte, habe ich echte Angst verspürt, dass er mir wehtun würde. Diese Angst hat sich noch verstärkt, als er auf mein Flehen nicht reagiert hat.

Und doch ... und doch ... ist seine Anziehungskraft so stark, dass ich trotzdem gekommen bin – sehr intensiv sogar. Die brutale Art, wie er mich gefickt hat, wie seine großen, starken Hände mich so fest packten, dass sie blaue Flecken hinterließen. Seine Zähne, die mir Schmerzstöße durch mein Inneres sandten und die gefühllose Art, wie er mich umdrehte und mich grob von hinten nahm - all das kombiniert, hat mich tatsächlich über die Klippe gestürzt.

Ich wusste nicht, dass so eine Chemie existieren kann.

Ich bin immer noch gekommen, als er sich aus meiner krampfenden Muschi herauszog, mich auf den Rücken drehte und auf mich abspritzte. Es war heiß und demütigend zugleich, und die Art und Weise, wie er es tat, war fast methodisch. Als ob er sich zum Ziel gesetzt hätte, so viel von mir zu bedecken, wie er nur konnte. Ich hatte zwar bereits bemerkt, dass er reichlich Samen produziert, aber wie viel es ist, habe ich erst gemerkt, als es auf meine Haut spritzte - über mein Kinn, meine Brüste, meine Rippen und meinem Bauch.

Es fühlte sich in gewisser Weise wild an, wie bei einem Tier, das seinen Partner markiert.

Ich möchte ihn fragen, was los ist, warum er so wütend ist, doch sein Schnurren macht mich schläfrig und ruhig, unfähig oder unwillig, überhaupt zu sprechen. Ich schmiege mich an seine harten, prallen Muskeln, atme seinen Moschusduft ein und schließe die Augen, während sich seine Arme wie ein schützender Schraubstock um mich legen.

Was auch immer das Problem ist, wir werden es in einem Augenblick beheben. Ich muss mich nur ein paar Minuten ausruhen ...

* * *

Khan

. . .

„KHAN?“ Emmas Lippen öffnen sich, als ich sie auf die Beine stelle. Sie hat mich um eine Dusche angefleht, aber ich lehnte ab. Stattdessen erlaubte ich ihr, sich das Gesicht zu waschen und die Haare zu bürsten, ehe ich sie erneut bestieg. Sie ist durchtränkt von meinem Duft. Bekleidet mit einem frischen weißen Bademantel. Ich spiele mit einer Strähne ihres weichen Haares. Wenn es nach mir ginge, würde ich bleiben und sie noch einmal ficken, bevor ich in mein Reich fliege - Aurus und der Rat seien verdammt.

Ich nehme den Mantel, den ich für sie ausgesucht habe, um ihren Körper zu schützen, und hülle sie in meinen Duft ein.

„Sind wir da?“, fragt Emma. „In deinem Königreich?“

„Ein kleiner Umweg“, grunze ich und fasse ihr in den Nacken, massiere sie dort leicht. Ihre großen Augen blinzeln mich an.

„Ist alles in Ordnung?“ Ihre Stimme zittert ein wenig. Sie scheint auf meine Stimmungen eingestimmt zu sein, so wie ich auf ihre, wie durch ein unsichtbares Band. Im Moment spürt sie Beklemmung, gepaart mit Neugier.

„Es wird alles gut werden.“ Ich beuge mich hinunter, um ihr in die Augen zu sehen. „Ich werde nie zulassen, dass dir jemand wehtut.“

„Ich weiß.“ Ihre Beklemmung verschwindet und nur die Neugier bleibt. Ihre Pupillen weiten sich und verdrängen das Blau der Iris. Ihr Duft steigt empor. Wenn ich uns jetzt nicht schnell hier rausbringe, werde ich es nicht lassen können, sie noch einmal zu ficken.

Und ich würde es vorziehen, es hinter mich zu bringen.

Ich ziehe das weiße Gewand aus und streife den Umhang über sie. Es ist einer von meinen, und er umhüllt ihre Gestalt vollständig. Perfekt.

„Ähm, Khan?" Emma hebt einen Arm. Ihre Gliedmaßen verschwinden in den zusätzlichen Stoffbahnen. Ein Drittel des Umhangs liegt zu ihren Füßen. „Ich bin mir nicht sicher, ob ich darin laufen kann."

„Nicht nötig." Ich hebe sie in meine Arme. Sie hält sich an meinen Schultern fest, während ich sie aus unseren Zimmern und den Korridor hinunter zur Ausgangshalle trage.

Meine Mannschaft hat sich dort versammelt. Sie wissen, dass ich vor den Rat der Könige gerufen wurde.

Als ich auftauche, werden sie aufmerksam und stellen sich in zwei Reihen auf beiden Seiten der Gangway entlang auf. Hinter ihnen glitzert das Goldene Königreich.

„Ihr habt eure Befehle", sage ich. Ebel nickt, und die anderen schlagen sich an die Brust, um meinen Befehl zu bestätigen. Als ich an Ebel vorbeigehe, blinzelt er zu einem Mannschaftsmitglied, das am Ende der Reihe steht. Er hat den Spion gefunden und ihn an das Ende der Formation gesetzt. Ausgezeichnet.

Während ich die Gangway hinunterschreite, schiebe ich Emma auf meine linke Seite. Der Verräter ist ein jüngeres Mitglied der Besatzung. Er trägt sein Haar lang wie ich. Vielleicht hat er die Illusion, mich zu ersetzen. Meine Faust krümmt sich um den Griff des Krummsäbels.

Ich halte vor ihm inne. „War es das wert?", frage ich.

Die Augen des Alphas weiten sich. „Sir?"

„Was hat er dir versprochen? Reichtum? Gold? Oder eine Chance auf die Omega?"

Der Blick des Verräters wandert zu Emmas Gesicht. Großer Fehler. Meine Klinge blitzt auf, und mit einem Schwung meines Arms trenne ich seinen Kopf vom Hals. Ich drehe mich zur Seite, um Emma vor den Blutspritzern zu schützen.

Sie keucht. Noch bevor die Leiche umgestürzt ist, ist

mein Krummsäbel zurück in der Scheide - die Klinge ernährt sich von Blut und Fleisch und reinigt sich daher selbst -, und ich schreite auf den grellgoldenen Palast zu, der in der Sonne schimmert. Ebel ruft nach einem Besatzungsmitglied, um die Überreste des Verräters aus dem Schiff zu werfen. Die Leiche kann vor Aurus' Türschwelle verrotten. Sie kann eine Botschaft an ihn und alle anderen sein, die versuchen könnten, sich zwischen mich und meine Omega zu stellen.

Es gibt einen Grund, warum wir die *Brutalen* genannt werden.

* * *

Emma

Draußen ist es hell. Ich lehne meinen Kopf an Khans Schulter, um mich vor dem grellen Licht zu schützen. Er geht weiter, und die Helligkeit wird intensiver, als ob wir in die Sonne wandern würden. Die Hitze schlägt mir ins Gesicht, zusammen mit einem reichen, würzigen Duft. Nach der kühlen, wiederaufbereiteten Luft auf dem Schiff ist das ein Schock.

In der Ferne höre ich ein Geräusch wie Vogelgezwitscher, und ein Windhauch wirbelt die Hitze ein wenig auf.

Langsam passen sich meine Augen an. Und ich merke, dass ich meinen Kopf heben kann. Aber die Helligkeit ist immer noch da. Es ist nicht die Sonne. Es ist dieser Planet. Ulfaria.

Die Straße besteht aus glänzendem Metall in verschiedenen Honig-, Bronze- und Goldtönen, die je nach Lichteinfall fast so hell schimmern wie Platin. Mehrere Sonnen leuchten am blass lavendelfarbenen

Himmel vor uns. Der Boden unter unseren Füßen schimmert im grellen Licht.

„Es ist so schön", flüstere ich.

„Aurus mag Gold." Khan klingt abweisend.

Kein Wunder, dass sich die Hitze anfühlt, als würde man in einen Ofen laufen. Ich neige den Kopf und bin dankbar für die übergroße Kapuze, die Khan mir aufgesetzt hat. Der Stoff scheint kühlende Eigenschaften zu haben. Er hält einen Teil der Wärme in Schach.

„Ich kann auch gehen, weißt du", murmle ich. „Wenn du mir etwas weniger Sperriges zum Anziehen gibst."

„Nein", antwortet er, und sein Dom-Tonfall erstickt jeden weiteren Widerstand, den ich vielleicht gehabt hätte, im Keim. Ich habe keine Ahnung, wo wir sind. Ich kann nur sagen, dass Khan nicht glücklich ist.

Als sich meine Augen weiter an die blendende Helligkeit gewöhnen, wende ich den Blick, um zu sehen, wohin wir gehen und erschrecke mich. Die lange goldene Straße ist eigentlich eine Brücke, die in der Luft schwebt. Auf jeder Seite befindet sich eine Reihe von Statuen mit goldenen Helmen und Rüstungen. Am Ende dieser Brücke erhebt sich ein gülden schimmernder Palast.

Wir passieren die erste Reihe der Rüstungen, und ich bemerke, dass Augen durch die Visiere der Helme glitzern. Es sind keine Statuen, sondern Soldaten, die unbeweglich in der Gluthitze stehen. Es sind so viele von ihnen.

Ich lehne mich gegen Khan. In seiner Brust ist ein leises Knurren zu hören, aber es wirkt anders als das Knurren, das er von sich gibt, wenn er erregt ist. Es ist, als ob er sich von den Soldaten bedroht fühlt. Das muss der Grund sein, warum er nicht glücklich ist.

„Khan, was ist hier los?"

„Hab keine Angst. Es wird nicht lange dauern. Ich werde nicht von deiner Seite weichen."

Er lässt mich nicht einmal laufen. Das Knurren in seiner Brust dröhnt, während er mich den ganzen Weg zum Palast und die gewaltigen, blassgoldenen Stufen hinaufträgt. Die Säulen ragen zwanzig Stockwerke über uns auf. Drinnen ist es kühler, aber nicht minder überwältigend. Mehr goldene Säulen säumen den enormen Korridor vor uns.

Je weiter wir uns vom Eingang entfernen, desto weniger drückend ist die Hitze. Von Zeit zu Zeit fällt Licht von der Decke, das sich zwischen den riesigen Säulen sammelt, wo auch üppige, baumartige Pflanzen zu sehen sind - wenn Bäume silbrig-weiße Stämme und große schwarze oder rosa Blätter hätten. Es ist ein Dschungel in einem Palast. In der Ferne vernehme ich das Zwitschern und Rufen von Lebewesen. Der Klang ist einladend, irgendwie normal.

Ich schiebe die Kapuze zurück und wünsche mir, Khan hätte mich duschen lassen. Dass er mich nicht wieder gefickt hätte, gleich nachdem ich mein Gesicht gewaschen hatte. Mein Haar ist ein bisschen klebrig.

„Sei still, Emma", befiehlt er. Mit einem Seufzer lasse ich die Hand von meinem Haar fallen. Da sein Samen auf meiner Haut ist und ich seinen Mantel trage, strömt sein Duft überall aus mir. Er hat das mit Absicht gemacht.

Vor uns ertönt ein scharfes Klick-Klack von Metall auf Metall. Mehrere gepanzerte Soldaten marschieren zwischen zwei Säulen hindurch in unser Sichtfeld. Die Krieger sind riesig - sogar größer als Khan, der das kolossalste Geschöpf war, das ich bisher je gesehen habe. Wenn ihre Rüstung ihre Muskeln abbildet, sind sie wie Linebacker gebaut und bilden das größte und grimmigste Footballteam aller Zeiten. Alpha-Football. Wahrscheinlich etwas, das man sehen muss.

„Willkommen, Majestät." Der Hauptkrieger schlägt sich mit der Faust auf die vergoldete Brust. Khan knurrt und marschiert weiter. Die behelmten Köpfe drehen sich um, als wir vorbeigehen. Das Gefühl, beobachtet zu werden, lässt meine Haut kribbeln.

Erst, als mehr Abstand zwischen uns und den Kriegern ist, kann ich mich entspannen. Je tiefer wir in den Palast vordringen, desto weniger Licht gibt es. Es existieren keine Bäume mehr, und die Zwitschergeräusche werden leiser. „Was ist das für ein Ort?", flüstere ich.

„Der Goldene Palast", antwortet er. „Aurus hat einen Rat der Könige einberufen."

Das klingt nicht nach Spaß. „Warum?", frage ich.

„Sie wollen sehen, was ich beansprucht habe." Seine Augen glitzern.

„Hm."

„Du wirst dich benehmen", mahnt er und tätschelt meinen Hintern. Ich erröte, weil ich mich daran erinnere, wie er mir auf dem Schiff den Hintern versohlt hat. Seine Hand war härter und schmerzhafter als so manches Paddel, das mir begegnet ist, und obwohl es mich damals erregt hat, bin ich jetzt zu wund und müde, um mehr zu wollen. Ein neues Kontingent von Kapuzengestalten taucht auf, um uns zu begrüßen. Sie treten lautlos aus den Schatten, sind aber nicht so massiv wie die Krieger von vorhin. Doch die Art und Weise, wie ihre tiefen Kapuzen ihre Gesichter verdecken, ist immer noch unheimlich.

„Willkommen", sagt der Führer der Gruppe, als Khan sich nähert. Wir haben das Ende des Korridors erreicht. Das Licht hat sich verflüchtigt, und die Luft ist still. Vor uns liegen zwei massive Türen aus geschlagenem Metall, das wie Messing aussieht. Die Farbe wirkt gedämpft nach all dem glänzenden Gold, aber der Effekt ist nicht weniger beeindruckend. „Aurus, der Hochkönig von Ulfaria, grüßt Euch. Wir beglückwünschen Euch zu diesem glücklichen Tag."

Khan erwidert nichts. Ich werfe einen Blick auf die vermummten Gestalten. Der vordere trägt ein dunkelviolettes Gewand, seine Kameraden hinter ihm sind alle in hellere, graulila Töne gekleidet. Ihre Roben haben denselben Stil wie die, die ich trage.

„Ist das die Omega?“ Der Führer deutet in meine Richtung. „Wir haben ein Zimmer für sie vorbereitet, mit Bettzeug und Erfrischungen ...“

„Nein!“ Khans geknurrte Antwort hallt durch den schattigen Korridor.

Die gewandete Gestalt verbeugt sich leicht.

Es gibt eine kleine Pause. Khan knurrt nicht mehr, so wie er es bei den gepanzerten Kriegern tat. Er wirkt etwas weniger feindselig.

„Bring uns zu deinem König, Magier“, befiehlt er. Ich reibe mir das Ohr. Hat mein Übersetzer eine Fehlfunktion? *Magier?*

Die vermummten Figuren verbeugen sich erneut und treten zur Seite.

Die riesigen Türen schwingen mit quälender Langsamkeit nach außen. Khan wartet eine Minute, dann tritt er hinein. Die Purpurroben folgen ihm.

Der innere Raum hat die Größe eines Ballsaals - wegen der gewölbten Decke wirkt es immer noch höhlenartig, aber gemütlicher und von gedämpftem Licht erfüllt. Blass leuchtende Kugeln scheinen an bestimmten Stellen des kreisförmigen Raumes zu schweben. Der Boden glänzt mit Intarsien aus Gold, Amethysten und anderen Edelsteinen. Das Muster windet sich bis zu einem gewaltigen runden Tisch aus einem glänzenden schwarzen Material, die wie Onyx aussieht.

Weitere gewandete Gestalten stehen in den Ecken und warten mit in den Ärmeln gefalteten Händen. Sie haben sich nach den Farben ihrer Gewänder gruppiert: grau, braun, grün und blau.

Khan marschiert auf den Tisch zu. Der Anführer der Violettroben eilt voraus und holt einen lila gepolsterten

Stuhl hervor. Die Armlehnen des Stuhls sind aus dunklem Holz geschnitzt. Khan senkt sich langsam darauf nieder, lässt mich aber nicht los, sondern hält mich immer noch in seinem Schoß fest.

Ich habe es mir gerade einigermaßen bequem gemacht, als die Türen auf der anderen Seite des Raumes aufgerissen werden. Heraus schreitet ein Riese mit gelbbraunem Haar, bronzefarbener Haut und strahlend weißen Zähnen. Ein goldener Brustpanzer bedeckt einen Teil seiner riesigen Brust. Er trägt so etwas wie braune Lederhosen und einen Helm, den er einer der ihn begleitenden weißgekleideten Gestalten überreicht. Hinter ihm strömen weitere goldgepanzerte Soldaten herein, die rund um den Raum Wache halten.

„Khan", dröhnt die Stimme des Neuankömmlings. Er breitet seine Hände zur Begrüßung aus.

„Aurus", knurrt Khan.

„Und das ist die Omega." In Aurus' Stimme liegt ein Hunger, der mich dazu bringt, mich verstecken zu wollen. Also tue ich es.

Ich drücke mein Gesicht an Khans Hals. Sofort beginnt er zu schnurren. Die tapfere Emma hat das Gebäude verlassen. Khan hat mich nicht einmal laufen lassen, also kann ich genauso gut den ängstlichen Neuling spielen. Was ich ja auch bin.

Ich bin auf einem fremden Planeten. Ich habe es verdient, ab und zu ein bisschen auszuflippen.

Aber ich schaue hinter dem Vorhang von Khans dunklem Haar hervor und studiere Aurus. Er starrt mich an.

„Sie ist so klein", murmelt er. „Findest du sie ausreichend für deine Bedürfnisse?"

Ich starre zornig in seine Richtung.

„Das tue ich", erwidert Khan.

„Und wie ist es bei ihr?" Aurus klingt nur neugierig, aber

Khan antwortet mit einem Knurren, bevor er sein Schnurren wieder aufnimmt.

Großartig. Da können sie ja gleich ihre Schwänze rausholen und sie miteinander messen. Vielleicht ist es das, worum es in diesem Rat geht.

„Müssen wir noch lange warten?“, fragt Khan trotz des lauten Grummelns in seiner Brust.

„Keineswegs“, erwidert Aurus. „Ich hatte gehofft, du würdest meinen Magiern erlauben, deine Omega zu untersuchen ...“

„Nein“, bellt Khan.

„Nun gut. Danke, dass du sie mitgebracht hast.“

Khan grunzt.

Aurus setzt sich, lehnt sich in seinem Stuhl zurück und gibt einem Teil grauer Kapuzenmänner in der Ecke ein Zeichen. Sie schweben nach vorne, jeder trägt einen Krug oder einen Becher. Aurus' Becher ist golden. Der von Khan ist violett. Ein kleinerer, lavendelfarbener Kelch steht neben dem seinen, vermutlich für mich.

Ich habe Durst, aber ich traue nichts, was Aurus uns servieren würde. Khan anscheinend auch nicht. Er macht keine Anstalten, zu trinken.

Aurus grinst uns beide über den Rand seines Bechers hinweg an.

Eine Tür wird von einer anderen Seite her aufgeschlagen. Offensichtlich hat der Raum eine Reihe verschiedener Eingänge. Weitere Krieger in goldenen Rüstungen marschieren herein und stellen sich hinter Aurus auf. Ein paar Sekunden später schreitet ein weiterer großer Krieger in den Raum. Er trägt Wildlederhosen wie Khan und Aurus und einen dunkelgrünen Umhang. Noch ein König? Ihm folgt eine Gruppe von Wesen in Gewändern - ebenfalls in Dunkelgrün.

Der Krieger setzt sich, ohne jemanden zu begrüßen. In

der Sekunde, in der eine gewandete Gestalt einen smaragdfarbenen Kelch vor ihm auf den Tisch stellt, ergreift der Krieger ihn und schüttet den Inhalt hinunter. Dann schnappt er sich den ganzen Krug und leert ihn in einem Zug. Ich erwarte fast, dass er rülpst.

Eine weitere Tür öffnet sich, und eine große Gestalt mit grauer Kapuze tritt ein. Hinter ihm steht eine Gruppe von Magiern in silbernen Gewändern, gefolgt von einer Gruppe von Kriegern in silbernen Rüstungen, die sie überragen. Dieser König behält seine Kapuze auf, aber das lange Haar, das ihm über die Brust fällt, hat die Farbe von Eis, und als er sich hinsetzt und nach seinem Kelch greift, sind seine Hände blass und mit schwarzen Tätowierungen versehen, die sich über die Haut schlängeln.

„Willkommen." Aurus hebt seinen Kelch zu beiden. „Ich heiße den Steinkönig willkommen. Und den Jägerkönig." Er stößt abwechselnd mit dem König mit der grauen Kapuze und dem König mit dem grünen Umhang an. „Und auf den Wanderer." Er stößt auf Khan an.

Der Steinkönig verschränkt seine Hände und beugt sich vor. Sein Gesicht ist tief in seiner Kapuze verborgen, aber eine Warnung kriecht mir über den Rücken. Er beobachtet mich.

Der Jägerkönig schwenkt seinen Kopf in unsere Richtung, seine Bewegungen sind fließend und von katzenhafter Anmut. Er hebt den Kopf und schnuppert in die Luft. „Gefährten", grunzt er und erhebt sich halb.

Khans Schnurren verwandelt sich augenblicklich in ein leises, warnendes Knurren.

„Aber, aber." Aurus winkt mit der freien Hand. „Bleibt auf eurer Seite des Tisches. Khan wird es nicht mögen, wenn wir ihm zu nahe kommen."

Khan mag es definitiv nicht. Ich bin sicher, dass jeder der Könige seinen eigenen Duft hat, doch alles, was ich riechen kann, ist das Leder, die Schokolade und die Rauchessenz, die von Khans Haut aufsteigt - und von meiner. Ich bin dankbar für den übergroßen Mantel, der mich schützt.

„Können wir loslegen?“, sagt der Steinkönig. Seine Stimme ist sanft, mit einem leichten Zischen. Ziemlich unheimlich.

Ein *Magier* in grauem Gewand holt eine der bleichen Kugeln hervor, indem er eine imaginäre Schnur ergreift und daran zieht, sodass die Kugel hinter ihm in der Luft schwebt. Der Gewandete bewegt sie zu einem leeren Platz am Tisch. Eine Verbeugung, und der Magier entschwindet in den Hintergrund des Raumes. Die Kugel indes glimmt rot.

„Willkommen, Dämonenkönig“, verkündet Aurus.

Eine andere gewandete Gestalt bringt eine weitere Kugel aus einer anderen Ecke des Raumes. Sie leuchtet weiß.

„Der König der Ruinen“, sagt Aurus. Und schließlich eine dritte Kugel, die schwarz schimmert. „Der Schattenkönig.“ Aurus wendet sich an alle, auch an die Kugeln. „Der König der Bestien wird sich uns nicht anschließen.“

Ich zähle um den Tisch herum. Alle Könige - inklusive dem König der Bestien - haben einen Platz, plus ein neunter.

„Sollen wir anfangen?“, fragt Aurus.

„Was ist mit dem König der Einöde?“, erkundigt sich der Steinkönig und nickt zu dem leeren Platz neben ihm.

„Eine reine Formalität.“ Aurus zuckt mit den Schultern. Aber hinter jedem Stuhl stehen Diener in Gewändern, und jeder Platz bekommt einen Kelch serviert, auch der leere und jene mit den leuchtenden Kugeln.

Sollen die Kugeln die Könige repräsentieren? Oder befinden sich die Könige in einem weit entfernten Land und sind über die Kugeln mit dem Rat verbunden, wie ein verrückter außerirdischer Zoom-Call?

Aurus erhebt sich und beugt sich vor. „Ich habe euch hier versammelt, um von Khan die Neuigkeiten zu hören.

Unserem König der Wanderer. Er hat eine Omega für sich eingefordert."

„Unmöglich", zischt der Steinkönig. „Es gibt keine."

„Geruch." Dies kommt vom Jägerkönig.

„Ja, genau", sagt Aurus. „Kannst du sie nicht riechen?"

Alle anwesenden Könige schwenken ihre Köpfe zu mir. Der Jägerkönig lehnt in seinem Sitz so weit nach vorne, als wolle er direkt aus ihm herausspringen.

Was wird geschehen, wenn sich diese Könige erheben, um mich zu packen?

Khan versteift sich unter mir, als wäre er zwei Sekunden davon entfernt, die Nerven zu verlieren. Ich presse das Gesicht an seine Brust, lege die Hände um seinen Hals und drücke fest zu.

„Wo?", grunzt der Jägerkönig.

„Wo hast du sie gefunden?", führt Aurus weiter aus.

„In einem Raumhafen", antwortet Khan. „Du weißt, wie ich reise."

„Und du hast sie ohne Abstimmung beansprucht?", fragt der Steinkönig.

„Ich bin ein Alphakönig." Khans Stimme hallt durch den Raum. „Ich brauche keine Erlaubnis."

Aurus hebt eine Hand. „Bevor ihr einen Kampf beginnt, soll unser Wandererkönig uns von dem Serum erzählen, das Omegas erschafft."

Khan grummelt vor sich hin. Aurus grinst, als hätte er einen Zaubertrick vollbracht. „Warum sagst du es uns nicht, Aurus, da du doch bereits so viel weißt?", entgegnet Khan.

„Ich weiß kaum etwas", erwidert Aurus abwehrend. „Nur, dass das Serum existiert. Du hast meinen Spion getötet, bevor ich mehr erfahren konnte."

Ach du meine Güte. Aurus feixt, die Luft im Raum wird jedoch immer dicker. Das Grollen in Khans Brust wird lauter. Der Jägerkönig hält einen Dolch in der Hand und schnippt ihn auf und ab, ohne ihn überhaupt anzusehen. Er beäugt mich neugierig, aber es ist der Steinkönig, der mir unheimlich vorkommt. Ich möchte gar nicht wissen, was sich unter seiner Kapuze verbirgt.

„Das Serum wird es uns ermöglichen, mehr Omegas zu beschaffen", informiert Khan. „Meine Männer sind gerade dabei, welches zu besorgen. Sie treffen Vereinbarungen mit den Ogsul, den Kreaturen, die es erfunden haben."

„Meine Magier stehen bereit. Sie werden das Serum untersuchen, damit wir es reproduzieren können", erwidert Aurus beruhigend.

„Aber wird das Serum bei Ulfarri wirken?", überlegt der Steinkönig.

„Ich weiß es nicht", sagt Khan. „Die Ogsul und unsere Magier können es versuchen."

„Wir werden Abgesandte der Ogsul einladen und sie großzügig bezahlen. Sie können das Serum unter der Aufsicht unserer Magier verabreichen und den Magiern beibringen, wie man es künstlich herstellt. Ich bin sicher, dass wir alle Lustsklavinnen besitzen, die wir für diesen Prozess zu Verfügung stellen können", sagt Aurus.

Ich erschaudere. Diese armen Lustsklavinnen werden als Versuchskaninchen für ein medizinisches Experiment benutzt.

„Welcher Rasse gehört deine Omega an?", fragt der Schattenkönig. Khan zieht mich näher zu sich heran, obwohl ich bereits an ihn gedrückt bin.

„Ein Mee-Nsch", gibt Khan preis. „Eine Spezies von einem fernen Planeten namens Erde. Die Ogsul waren in der Lage, meine durch ein Portal zu beschaffen."

Ein Portal? Klingt wie etwas aus einem Videospiel, aber es ist eine ebenso gute Beschreibung des Wurmlochs, in das ich auf dem Feld hineingesaugt wurde.

„Und sie können mehr auftreiben", so Khan weiter.

„Wenn unsere eigenen Betas das Serum nicht vertragen, können wir einfach Mee-Nschen-Frauen verwenden", sagt Aurus.

„Nein", sage ich automatisch, zu leise, als dass es jemand hören könnte, aber der Kopf des Jägerkönigs schnellt wieder zu mir heran. Seine Augen sind smaragdgrün. Er blinzelt, und ich bemerke seine langen Wimpern.

„Ja", fährt Aurus fort, „meine Magier werden einen Weg finden. Khan, meine Alphakrieger stehen zu deinen Diensten, wenn du den Abgesandten Schiffe zur Verfügung stellst für die Reise zu den Ogsul. Vielleicht können wir ein oder zwei von ihnen als Dauergäste gewinnen. Meine Magier werden sowohl das Serum als auch die Portale untersuchen."

„Natürlich", bestätigt Khan.

„Und wenn sich unsere Lustsklavinnen nicht an das Serum anpassen, werden wir stattdessen diese Mee-Nschen einsetzen." Aurus sieht mich an. „Ich würde eine mit goldenem Haar bevorzugen, so wie diese hier."

Khan knurrt ein wenig, aber ich bin zu abgelenkt. Was ist los? Was wollen sie tun? Mehr Menschen entführen? Frauen wie mich?

Ich stupse Khan an. Er reagiert nicht.

„Damit ist die Sache erledigt", fährt Aurus fort. „Das Omega-Projekt hat begonnen. Wir werden die perfekten Omegas erschaffen, mit Hilfe von Serum und Mee-Nschen, wenn das Serum bei Betas nicht funktioniert. Jeder von uns kann sich die Eigenschaften aussuchen, die ihm gefallen."

„Ich bin nicht wählerisch", grunzt der Jägerkönig. „Solange die Gebärmutter einer Omega gehört."

Ekelhaft. „Nein", sage ich, diesmal lauter. „Das ist falsch. Du kannst nicht einfach Frauen nehmen."

„Sei still", sagt Khan. Seine Hand umklammert meinen Hinterkopf, und er drückt mein Gesicht gegen seine Schulter, als wäre ich ein quengeliges Baby, das er zum Schweigen bringen will. Mein Mund ist wie zugeschnürt, als er ruhig zu den anderen sagt: „Meine Omega ist verzweifelt. Ihr werdet uns entschuldigen."

Die anderen murmeln etwas und Stühle schaben über den Boden, als sie sich aus einer Art pervertierter Höflichkeit erheben. Ich versuche zu kämpfen, doch Khan hält mich fest. „Sei still, kleine Omega", befiehlt er. Er geht zügig zur Tür. „Alles wird gut."

Nein, das wird es nicht. Ich möchte schreien. Sie werden noch mehr Menschenfrauen als Lustsklavinnen fangen ... und was dann? Sie besteigen? Sie als Gefährtinnen beanspruchen? Das tun, was Khan mit mir gemacht hat? Ich reagiere auf ihn, aber diese anderen Frauen ... ich muss sie retten. Ich muss etwas tun.

DREIZEHNTES KAPITEL

Emma

So ewig der Weg durch den Goldenen Palast zum Rat der Könige gedauert hat, so geschieht der Rückzug zum Schiff in Windeseile. Khan hält seine Hand auf meinem Kopf und zwingt mich, mich an ihn zu kuscheln. Sein Schnurren läuft auf Hochtouren und wird mit jedem Schritt intensiver. Als wir die Hitze von Aurus' Reich verlassen haben und in die kühle Luft des Schiffes eintauchen, reagiert mein Körper auf den gleichmäßigen, vertrauensvollen Klang. Die Art, wie Khans Brust vibriert, ist sehr angenehm. Und der rauchige Schokoladenduft, der von seiner Haut aufsteigt, lässt mir das Wasser im Mund zusammenlaufen und mein Innerstes zusammenziehen. Es macht keinen Sinn, doch die Erregung überrollt mich, ringt jede Logik nieder und zieht mich in den Bann.

Meine Säfte rinnen zwischen meinen Pobacken hinunter, während Khan uns zu seinem Quartier bringt. Er ruft seinen

Crewmitgliedern Befehle zu, aber ich bin zu sehr damit beschäftigt, seinen Duft einzuatmen. Meine Zunge streckt sich aus, um seinen Hals zu lecken.

Eine Tür schließt sich hinter uns mit einem Zischen, das wie die Stimme des Steinkönigs klingt. Es schreckt mich aus meinem Nebel auf. *Menschenfrauen, Portale, Serum.* Sie wollen Frauen wie mich stehlen und sie in Omegas verwandeln. *Ich muss es aufhalten.*

„Die Menschen und das Serum - das könnt ihr nicht tun ..." Ich lehne mich zurück, um mein Anliegen vorzubringen. Ein Fehler. Meine Augen treffen auf Khans, und ein Tsunami der Erregung bricht über mich herein. Mein eigener Duft steigt auf, schwer und süß.

„Omega", schnurrt Khan.

„Khan, bitte ..."

Aber er hat mich schon wieder auf das Bett gedrückt. Er gibt ein leises, sexy Knurren von sich, und mein Körper erbebt, Flüssigkeit strömt aus meinem Geschlecht, während mein Kitzler pocht. Ich greife nach ihm und wimmere.

„Sei still, kleine Emma. Alles wird gut", murmelt er. Seine sanften Worte stehen im Gegensatz zu seiner groben Art, als er mir den Bademantel vom Leib reißt und sich über meinen Körper schwingt, um mich zu ficken.

Mein Protest erhebt sich und zerbricht an der Wand meines Verlangens und löst sich in nichts auf.

* * *

Khan

Ich besteige meine süße Omega, bis ihr Wimmern in Lustschreie übergehen. Dann ficke ich sie noch etwas härter. Die Decken sind mit ihrem Saft und meinem Samen durchtränkt, als ich mich schließlich erhebe und sie schnurrend beruhige. Ihre kleine Stirn ist gerunzelt, das tiefe Schwarz ihrer Pupillen schrumpft und gibt einem schönen, aber besorgten Blau mehr Platz.

Mein Daumen glättet die Falten auf ihrer Stirn. Ihre Lippen beben und ich schnurre lauter. Ich wünschte, ich könnte sie in die Vergessenheit ficken, doch wenn sie meine Königin sein soll, meine Gefährtin, die Mutter meiner Erben, dann muss ich ihr Zeit geben, das zu verarbeiten. Auch wenn ich sie am liebsten sofort wieder ficken würde.

„Du hast Fragen", murmle ich und drücke sie an meine Brust, sodass mein Schnurren in ihr vibriert. „Frag."

„Wer waren diese Könige?" Ihre Stimme ist tief und heiser. Ich greife nach einem Glas Wasser, das auf einer Ablage steht, und drücke es ihr an die Lippen. Ich muss dafür sorgen, dass sie genügend isst und trinkt, wenn ich nicht mit ihr unterwegs bin.

„Der Planet ist in Königreiche eingeteilt", erkläre ich ihr, während sie einen Schluck trinkt. „Jeder König regiert dort unangefochten. Jeder König ist nach seinen Eigenschaften oder den Eigenschaften seines Reiches benannt."

Sie leert ihr Glas und wischt sich mit einer Hand über den Mund.

„Noch mehr?", frage ich, und sie schüttelt den Kopf, woraufhin ich ihr das Glas abnehme und es zur Seite stelle. Ich drücke ihren Kopf noch einmal an meine Brust und fahre mit den Finger durch ihr seidiges blondes Haar, wobei ich eine klebrige Stelle erwische, an der mein Samen getrocknet ist. Ein Anflug von besitzergreifendem Stolz erwärmt meine Brust. „Aurus ist der Goldene König, so genannt, weil sein Reich das meiste Gold abbaut. Er stellt seinen Reichtum mit dem Palast, der goldenen Brücke und den Rüstungen für seine Armee zur Schau. Das Land des Jägerkönigs besteht hauptsächlich aus Wäldern. Er verbringt die meiste Zeit damit, die tödlichen Bestien zu jagen, die in den dunklen Ecken seines Königreichs umherstreifen und sich dort vermehren. Ich bin überrascht, dass er aufgetaucht ist. Er muss neugierig gewesen sein, eine Omega zu sehen." Meine Finger stoßen auf ein weiteres klebriges Büschel von Emmas Haaren - das Ergebnis unseres schmutzigen Liebesspiels. Der Duft unserer gemeinsamen Flüssigkeiten ist köstlich.

Ich grinse. Von allen Königen auf Ulfaria bin ich derjenige, der sich einer Omega würdig erwiesen hat. „Und dann ist da noch der Steinkönig ..."

Emma zittert. „Er ist unheimlich."

Ich schlucke ein Knurren hinunter. „Es war nicht mein Wunsch, dich vor den Rat zu zerren. Doch es war notwendig. Aurus hätte nicht eher geruht, bis er die Chance hatte, eine echte Omega zu treffen. Und seine Armee ist die größte auf unserem Planeten - von allen Königen ist er die würdigste Herausforderung. Ein Sieg über ihn wäre mit einem zu hohen Preis verbunden. Ich würde für dich in den Krieg ziehen, Emma, aber die Teilnahme am Rat war ein klügerer Kompromiss. Es ist besser, Aurus' Neugierde zu befriedigen, als zu riskieren, dass er versucht, dich zu entführen."

Emma wimmert.

„Hab keine Angst, kleine Omega. Jetzt werden sie wissen, dass du mir gehörst." Ich neige ihren Kopf zurück und schaue ihr in die Augen. „Der einzige König, um den du dich sorgen musst, bin ich."

„Was ist mit dem Goldenen König? Aurus."

„Aurus sieht sich selbst als Hochkönig. Er kämpfte von klein auf, um seine Position als Oberhaupt aller Alphas im Königreich Aurum zu erlangen. Aber er wird dich nicht anrühren. Ich werde mich darum kümmern, dass er die erste Omega bekommt."

Emmas Duft verströmt die süßen Blumennoten, die sich vor Gram bitter und verkohlt zeigen. „Khan ... das kannst du nicht. Du kannst nicht menschliche Frauen nehmen und sie diesen Königen geben."

„Ich habe keine Wahl. Omegas sind aus meiner Spezies verschwunden. Nur selten werden Alphas aus Beta-Paaren geboren und fast nie Omegas. Wir benötigen Omegas. Wenn das Serum bei Beta-Ulfarri nicht wirkt, sind Mee-Nschen-Frauen unsere einzige Hoffnung." Ich ziehe sie an den Haaren und kraule ihre Kopfhaut, um sie zu beruhigen. „Wir brauchen *dich*." Ich ersticke ihre Proteste mit einem Kuss und drehe sie auf den Rücken, um sie wieder zu beanspruchen.

* * *

Emma

Wenn Khan vorher besitzergreifend war, dann war es nicht so wie jetzt. Die Zeit hat keine Bedeutung mehr - er fickt mich, bis ich in den Schlaf gleite. Sobald ich aufwache, badet er mich und drängt mich zum Essen und Trinken, und wenn ich gegessen habe, fickt er mich wieder. Mein einziger Aufschub sind die dunklen, traumlosen Momente, bevor ich einschlafe. Halb beantwortete Fragen nagen an mir.

Was ist, wenn Khan sich irrt und einer der Könige versucht, mich zu entführen? Aurus oder der Jäger oder der Steinkönig? Oder einer der anderen, die durch leuchtende Kugeln dargestellt werden? Ich habe sie nicht gesehen, aber das wollte ich auch gar nicht. Woran erkennt man einen Dämonenkönig überhaupt?

Und sollte das Serum auf Ulfarri nicht funktionieren, planen sie, weibliche Menschen von der Erde zu holen, um sie zu Omega-Partnerinnen zu machen. Menschliche Frauen - wie meine Schwestern, Cousinen, Freundinnen - die zu einem Leben hier auf Ulfaria verdammt sind, reduziert zu nichts weiter als Brutmaschinen. So wie ich. Was ist, wenn das Beta-Experiment scheitert - ich hasse mich dafür, dass ich hoffe, dass es nicht scheitert - und sie es schaffen, Menschen zu bekommen.

Ich muss irgendwie verhindern, dass das passiert. Aber wie? Ich weiß nichts über diesen Planeten. Von den Magiern oder dem Serum oder den Portalen. Mein einziger Verbündeter ist Khan, und er ist nur daran interessiert, mich zu ficken. Er weicht nie von meiner Seite - nicht um zu essen, zu schlafen oder zu baden. Wir machen alles zusammen. Er nimmt mich überall mit hin. Sein Schnurren verwirrt meine Gedanken.

Während der gesamten Ratssitzung hat er meine Füße nicht ein einziges Mal den Boden berühren lassen und selbst jetzt, da wir auf dem Weg in sein eigenes Reich sind, berührt er mich ständig, entweder mit einer besitzergreifenden Hand auf meinem Arm oder er trägt mich, als wäre ich ein kleines Kind. Das macht mich wütend - ich bin erwachsen und kann selbständig gehen. Trotz seines Leugnens scheint er Angst zu haben, dass ein anderer Alpha das Schiff infiltriert und mich wegschnappt, wenn er nicht hinsieht.

Dieser Gedanke ist mein schlimmster Albtraum. Khan mag riesig, furchterregend und schroff sein, doch zumindest ist er mir jetzt vertraut. Er zeigt ebenfalls Anzeichen einer fürsorglichen, zärtlichen Seite, was beruhigend ist. Er wird mir nicht wehtun. Sicher, die Art und Weise, wie er mich fickt, ist brutal, animalisch und gewalttätig, aber ich habe sowieso immer rauen Sex bevorzugt. Meine gigantische masochistische Ader ist es, die mein Interesse an BDSM überhaupt erst geweckt hat.

Das könnte auch erklären, warum ich so verdammt feucht werde, wenn er mich anfasst.

Was für eine Wirkung auch immer diese seltsamen

Serumhormone auf mich haben, Khan scheint dasselbe zu empfinden. Obwohl ich nach wie vor mit seinem Sperma vom letzten Mal bedeckt bin, als wir gefickt haben, gräbt sich seine gigantische Erektion in meinen Rücken, während wir in der Löffelchenstellung liegen. Meine Muschi schmerzt von der Heftigkeit unseres Sex, doch auch vor Verlangen. Wir haben praktisch während der gesamten Reise aus Aurus' Reich gefickt, aber mein Kitzler ist angespannt und pulsiert, und ich sehne mich wieder nach Khan. Es ist nur eine Frage der Zeit, bis sein Duft dekadent und schokoladig wird, und ich kann mich nicht davon abhalten, mich auf den Rücken zu drehen und seinen Hals zu lecken.

Ich bin süchtig danach, wie er schmeckt. Riecht. Fühlt. Klingt.

„Komm her", brummt Khan. Ich bin halb wach, und er wickelt mich in eine Decke. Er hebt mich hoch, und ich ergebe mich. Khan trägt mich überall hin - ins Bad, zum Rat des Königs, dann zurück auf sein Schiff, wo er mich endlos fickt. Das ist jetzt mein Leben.

Wir verlassen die Kühle des Schiffes, und eine süße Feuchtigkeit schlägt mir ins Gesicht. Eine Brise zerzaust mein Haar.

„Emma. Schau mal."

Ich öffne die Augen, noch schläfrig vom Geschaukel und der Wärme der Decke, in die ich eingewickelt bin, hebe den Kopf und sehe mich um.

„Das ist Altrim", erklärt Khan schroff, und der Stolz in seiner Stimme ist unüberhörbar. „Mein Königreich."

Wir schweben auf einer grauen Plattform über der fantastischsten Landschaft, die ich je in meinem Leben gesehen habe - inklusive der Postkarten von den schönsten Orten der Welt. Ein grüner, dichter Wald erstreckt sich zwischen einer Küstenlinie und einer Bergkette. Sanfte Hügel und Täler gehen in Berge über, die größer sind als die

Rocky Mountains und deren weiße Kappen aus den Wolken ragen. Überall gibt es leuchtende Seen und Flüsse, alle in einem erstaunlichen Türkisblau.

Wir sausen über einen riesigen See, der Schatten des Luftschiffs spiegelt sich im stillen Wasser. Unten am Rande des Sees sind dunkle Ansammlungen zu sehen - irgendeine Art von Behausung, vermute ich. Die Plattform gleitet nach oben und steuert auf einen bewaldeten Berg zu. Gigantische Wasserfälle sprudeln über steinerne Klippen, aber als wir näherkommen, wird mir klar, dass es keine Klippen sind. Es sind geschnitzte Plattformen, die aus dem Berg herausragen - einige aus Stein, um sich mit dem natürlichen Granit zu verbinden, andere aus Glas, um den Himmel zu reflektieren.

„Mein Palast." Khan zeigt auf den Berg. Dort gibt es weitere Fels-Pattformen, die in einem der Schwerkraft widersprechenden Winkel aus dem Gestein ragen. Der Palast ist direkt in den Berg hineingebaut, polierter Felsen und Glas wechseln sich ab mit dicken Baumkronen und wunderschönen Wasserfällen. Architektur im Stil von Frank Lloyd Wright mit einem Hauch von Alien. Das Wasser stürzt in Kaskaden über den Rand der höchsten Plattform auf eine zweite Plattform darunter, dann auf eine dritte, eine vierte, eine fünfte - bis die ganze Seite des Berges mit Wasserfällen bedeckt ist. Es liegt ein süßer Geruch in der Luft. Ein kühler Nebel steigt von den Wasserfällen auf.

„Es ist atemberaubend", murmle ich. Die Sonne geht unter und hinterlässt fahle lila Streifen am Himmel. Das schwache Licht lässt die Oberfläche des Wassers leuchten.

„Mein Zuhause. Jetzt auch dein Zuhause", sagt Khan und drückt mich fester an sich.

Verdammt. Ich beiße mir auf die Lippe, weil ich nicht bereit bin, direkt einen Streit anzufangen, auch wenn sich ein Stachel der Angst in mein Herz bohrt. Was ist, wenn ich niemals mehr nach Hause gehen kann?

Ich bin schon einmal ausgewandert, von England in die USA. Doch es besteht durchaus ein Unterschied, ob man von einem kleinen englischsprachigen Land in ein größeres zieht, oder ob man von der Erde auf einen fremden Planeten katapultiert wird. Ganz gleich, wie schön dieser Planet ist. Verdammt noch mal, der Himmel ist lila. Ein wirklich schönes Lila, aber trotzdem.

Je näher wir dem Bergpalast kommen, desto mehr Stolz strahlt Khan aus. Es ist, als gäbe es ein unsichtbares Band zwischen uns, und ich kann fast spüren, was er fühlt. Doch neben seinen glühenden Triumphgefühlen wachsen auch meine Gefühle der Beklemmung und Sorge.

Ich umklammere Khan, als wir an die Bergwand heranrauschen. Ein unsichtbarer Fahrer dockt unser Schiff am Rande der Plattform an und schwebt direkt über den endlosen Wasserfällen. Khan hat mich immer noch nicht abgesetzt, aber ausnahmsweise nehme ich ihm nicht übel, dass er das Kommando übernimmt. Ich bin erleichtert.

Das alles ist viel zu viel für mich, als dass ich es allein bewältigen könnte. Ich bin zu sehr damit beschäftigt, die Ungeheuerlichkeit all dessen, was passiert ist, zu begreifen und ich bin so erschöpft, dass sich im Augenblick sogar das Gehen wie eine lästige Pflicht anfühlt.

Wenn Khan mich tragen will, lasse ich ihn.

Für den Moment.

VIERZEHNTES KAPITEL

Khan

Emma liegt ruhig in meinen Armen, als ich sie in den Palast trage. Das Schiff hat kurz angedockt, um uns auf der Plattform abzusetzen, die zu meinen Gemächern führt. Die Besatzung wird sich hier nicht aufhalten - sie wird zum Haupthafen und dann in den Weltraum zurückkehren, um Ogsul für das Omega-Projekt zu holen.

Ich muss mich um wichtigere Dinge kümmern. Meine Omega muss beruhigt und in ihr neues Zuhause eingeführt werden.

Meine Schritte hallen wider, als ich an dem fließenden Wasser mit seinem eigenen Kanal vorbeischreite. Das Rauschen des Wasserfalls liegt vor uns. Ich trage Emma durch den leichten Nebel und in die kühle Dunkelheit, die ihr neues Zuhause darstellen.

Eine Schar von Dienern wartet darauf, uns zu begrüßen.

Eine Mischung aus Betas und Alpha-Kriegern. Emma bemerkt das nicht. Außer Calla entlasse ich alle mit einem scharfen Kopfschütteln. Normalerweise würde mich die Anwesenheit von Alphas nicht stören.

Das war jedoch, bevor bei mir die Brunft einsetzte.

Jetzt, mit Emma in meinen Armen, kann ich mich nur mühsam zügeln, nicht die Zähne zu fletschen und jeden Mann anzufauchen, der sich uns bis auf wenige Meter nähert. Die Sitzung des Rates der Könige war eine eigene Art von Hölle. Es war der Versuch, ruhig genug zu bleiben, um ein wichtiges Gespräch mit Aurus, dem Goldesel, zu führen - und gleichzeitig das Wertvollste auf der Welt in den Armen zu halten. Und das, während ihr Duft mir vor Lust den Verstand raubt und mich ihr zerbrechlicher kleiner Körper veranlasst, sie für immer an meine Brust zu schmiegen.

Es sei denn, ich ficke sie.

Emmas Augen sind groß und blau wie Bergseen. Ich halte inne, um mich langsam zu drehen und sie alles ansehen zu lassen.

„Gefällt er dir?", schnurre ich.

„Es ist fantastisch. Aber ... anders. Nicht wie Aurus' Palast."

„Nein, nichts dergleichen." Eifersucht dröhnt in meiner Brust. Ich kämpfe darum, dass mein Schnurren nicht in ein Knurren umschlägt. „Ist es das, was du bevorzugst? Gold und Prunk? Eine übertriebene Zurschaustellung von Reichtum?" Ich hasse es, doch wenn Emma es mag, bin ich bereit, ihr eine Nachbildung zu bauen - doppelt so groß wie der Palast von Aurus, versteht sich.

Emmas Gesicht verzieht sich. Ich versuche, meinen Unmut zu unterdrücken - anscheinend kann sie meine Gefühle durch unsere Verbindung spüren. „Ncin. Es hat mir überhaupt nicht gefallen."

Ihre Emotionen sind in Aufruhr zwischen uns. Verwirrung, Beklemmung, Überwältigung. Meine arme Omega versucht, sich anzupassen.

Ein paar Meter entfernt wartet Calla mit gefalteten Händen. Geduldig und schweigsam. Ich möchte sie vorstellen, aber zuerst will ich, dass Emma sich wie zu Hause fühlt.

„Wenn du Fragen hast, kannst du sie ruhig stellen."

Sie beißt sich auf die Lippe und zeigt auf eine Glühlampe in der Ecke. „Sind das Kugeln wie die im Rat der Könige?" Sie ist neugierig auf den Unterschied zwischen den Glühlampen und den Kommunikationskugeln.

„Nicht ganz." Ich nehme sie in den Arm, damit sie die in der Luft schwebende Kugel studieren kann. „Das sind nur Lichter. Die beim Rat der Könige waren Kommunikationsgeräte, die mit den entfernten Königen in Verbindung standen. Nicht jeder fühlt sich auf einem Schiff so wohl wie ich. Die meisten ziehen es vor, in ihren eigenen Königreichen zu bleiben. Sie trauen Aurus nicht. Was durchaus weise ist." Ich murmele den letzten Teil.

„Es ist wie Magie." Sie ihre hebt Hand zur Kugel, dann zögert sie. Stattdessen reibt sie sich den Kopf, ihr Kummer pocht, was ich durch unser Band wahrnehme.

Ich greife nach ihrem Kinn, mein Schnurren wird lauter. Ich starre in ihre großen Augen und lasse beruhigende Gefühle in die Verbindung einfließen. Sie blinzelt, ihre Pupillen erweitern sich, die Dunkelheit verschluckt das Blau ihrer Iris.

Bald wird sie mit allen Gedanken fertig sein, aber sie kämpft dagegen an.

„Nennt ihr sie deshalb Magier?", murmelt sie, die Stirn immer noch in Falten gelegt. Ulf, sie ist hinreißend. „Sie können wirklich zaubern?"

„Magische Technik, ja."

„Magie und Technik sind auf der Erde nicht dasselbe ..." Sie seufzt. „Ich habe so viele Fragen."

„Und ich werde sie alle beantworten", verspreche ich. „Aber zuerst sollten wir dich ankommen lassen." Ich wende mich Calla zu, die jetzt noch ungeduldiger darauf wartet, dass meine Omega in ihr neues Nest kommt, damit ich sie darin besteigen kann.

* * *

Emma

Khans Palast ist mit nichts zu vergleichen, was ich je gesehen habe. Zum einen ist er in die Seite eines verrückten Berges gebaut. Und es gibt Bäche, die von den Plattformen hinunter und über den Rand fließen und all diese Wasserfälle bilden. Das Rauschen und Tosen des Wassers hallt in dem riesigen Raum wider, in dem wir uns gerade befinden. Die hoch aufragenden Wände bestehen aus einer Mischung aus glattem und rauem Stein. Trotz seiner Größe wirkt der Raum wie eine kolossale Höhle, die in den Fels gehauen wurde.

Glühende Kugeln spenden ein wenig Licht, aber meine Augen müssen sich noch an die Dunkelheit gewöhnen. Zuerst bemerke ich nicht einmal die hübsche, grünhäutige Frau in einem dunkelbraunen Gewand, die in der Nähe steht. Wie lange ist sie schon da?

„Mein König." Sie verbeugt sich leicht. „Willkommen zu Hause. Wir haben getan, was Ihr uns aufgetragen habt. Die Quartiere sind vorbereitet."

So überwältigt und ängstlich ich auch bin, mir entgeht nicht, wie ihr Blick über mich gleitet - kühl, abschätzend. Es fühlt sich fast urteilend an. Was hat Khan ihr über mich erzählt? Wie lauteten die Anweisungen genau? *Ich werde eine unwillige Frau mit mir zurückbringen. Baue ihr ein hübsches Gefängnis.*

Ich lasse mich nicht einschüchtern und schaue in die leicht schräg gestellten, smaragdgrünen Augen der Frau. Sie ist groß - bestimmt über einen Meter achtzig - und die erste weibliche Ulfarri, die ich aus der Nähe sehe. Ich beiße mir auf die Lippe und starre sie an. Ihre Haut hat das blasse Grün einer reifen Avocado und ihr Haar den dunklen, satten Farbton von Tannennadeln. Die Ulfarri gibt es in so vielen Schattierungen und Farben, dass meine eigene blasse Haut für sie seltsam aussehen muss.

„Calla." Khans Stimme ist voller Stolz. „Erlaube mir, dir meine Königin vorzustellen. Emma."

Ich schließe die Augen, mein Gesicht erhitzt sich bei dem Gedanken, jemandem in meinem derzeitigen Zustand zu begegnen: nackt, in nichts als eine Decke gehüllt, zerzaust und gezeichnet von einem Übermaß an Sex und bedeckt mit getrocknetem Sperma. „Schön, Euch kennenzulernen", sage ich mit so viel Würde, wie ich aufbringen kann, während ich in Khans riesigen Armen liege.

„Ganz meinerseits, Majesta", erwidert Calla und verbeugt sich wieder leicht. Dann wendet sie sich erneut an Khan: „Soll ich Euch zu ihrem neuen Quartier bringen?"

„Bitte. Und jemand soll Erfrischungen mitbringen."

Calla bewegt sich mit überirdischer Anmut, der Saum ihres Gewandes gleitet über den Boden, als würde sie darunter Rollschuhe tragen. Unfähig, im Moment mit irgendetwas anderem fertig zu werden, vergrabe ich mein Gesicht in Khans breiter Brust und wünsche mir im Stillen, dass er anfängt, für mich zu schnurren. Ich könnte ihn fragen, aber mein Stolz hindert mich. Bin ich etwa ein Kind, das ein Schlaflied braucht, um sich zu beruhigen?

Stattdessen atme ich seinen berauschenden Kaffee-Duft

ein, schließe die Augen und konzentriere mich auf das sanfte, rhythmische Schaukeln, mit dem er mich trägt.

Es ist seltsam, wie ich mich daran gewöhnt habe, dass allein sein Geruch mein Inneres zum Auslaufen und Pochen bringt. Zu müde, um mich dagegen zu wehren, liege ich schlaff da und finde mich mit der Situation ab, während ich eine seidige Locke seines Haares zwischen meinen Fingern reibe.

Irgendwann halten wir an und ich höre Khan sagen: „Sehr gut. Zumindest ein guter Anfang. Ihr werdet Emma alles bringen, was sie benötigt, sobald sie danach fragt. Weise die anderen an, das Gleiche zu tun."

„Natürlich, mein König", murmelt Calla. Ihre Stimme ist tief, mit einem Hauch von Ehrfurcht. Sie muss eine der Betas sein, von denen ich bei der Ratssitzung gehört habe. Es ist schön zu wissen, dass nicht jeder hier ein überheblicher Alpha ist.

Ich hebe den Kopf und schaue mich um, doch es ist stockdunkel, und es dauert einen Moment, bis sich meine Augen daran gewöhnen. Der Raum ist gewaltig, mit hohen Decken, aber alle Fenster sind mit fließenden, dicken Vorhängen verdeckt. Im schwachen Schein einiger glitzernder Kugellampen erkenne ich ein riesiges Bett sowie einen Tisch und Stühle in einer Ecke und etwas, das einem Sofa ähnelt, in einer anderen. Es gibt kaum Möbel, doch was da ist, sieht prächtig und bequem aus. Plötzlich verspüre ich das dringende Bedürfnis, mich zu waschen und dann zu schlafen.

„Soll ich dich absetzen, Kleines?", fragt Khan.

„Bitte." Sobald ich auf den Beinen bin, schließe ich den Mantel fester um mich. „Könnte ich vielleicht etwas zum Anziehen haben?"

Er schüttelt den Kopf. „Noch nicht. Danach."

„Nach was?" Ich hoffe, dass er ein Bad vorschlägt, aber dann höre ich den Wechsel in seinem Ton, als er Calla sagt, sie solle gehen und mein Herz wird schwer, während mein Kitzler sehnsuchtsvoll zu pochen beginnt.

„Und sorg dafür, dass wir nicht gestört werden", ruft er der Dienerin hinterher, die sich umdreht, kurz nickt und dann durch eine Tür verschwindet, die ich vorher gar nicht bemerkt hatte, da sie hinter einem Vorhang verborgen war.

Keinen Augenblick später hat mich Khan wieder in seine Arme gezogen und seine Zunge spielt mit meiner.

So müde, schmutzig und überwältigt ich auch bin, ich komme schon, als seine Handfläche zwischen meine nackten Schenkel gleitet ...

* * *

Khan

WIR FOLGTEN Calla zu dem Quartier, das für Emma das passendste ist, um ihr Nest dort zu bauen, sobald sie den Instinkt dazu verspürt. Callas Anweisungen lauteten, es prunkvoll, aber sparsam einzurichten. Ich möchte, dass Emma all die kleinen Details - Farben, Stoffe, Kunstwerke - selbst auswählen kann, wenn die Zeit für ihren Nestbau gekommen ist.

Es ist überraschend, wie ungeduldig ich darauf warte, dass sie dieses Stadium erreicht. Ich will, dass sie sich hier in meinem - unserem - Palast so wohl fühlt, dass sie beginnt, nicht nur für sich selbst, sondern auch für unsere Kinder ein Zuhause zu schaffen.

Und je eher meine Saat aufgeht, desto früher wird das geschehen.

Als ich Calla entlasse, ist mein Schwanz schon wieder in Wallung und pocht vor Verlangen, in ihr zu sein. Ich habe Emma so oft gevögelt, dass ich wund bin - obwohl sie wahre

Ströme von Gleitmittel produziert, um mir das Eindringen zu erleichtern. Doch jetzt bringt die Reibung ihres engen Kanals, der meinen Schaft umklammert, tatsächlich ein wenig Unbehagen.

Das hält mich jedoch nicht auf.

Nichts wird mich aufhalten.

Das Vergnügen überwiegt immer noch den rauen, kribbelnden Schmerz auf der Haut meines Schwanzes, wenn ich tief in sie stoße.

Kaum ist Calla weg, ziehe ich meine kleine Omega wieder an mich heran, drehe ihr süßes Gesicht nach hinten und schiebe meine Zunge tief in ihren Mund. Sie küsst mich hungrig und wimmernd zurück, und der Duft ihrer Erregung ist so stark, dass ich ihn sogar schmecken kann.

Ich habe herausgefunden, dass Emma das Küssen so sehr liebt, dass es oft ausreicht, um sie an die Klippe zu bringen. Sobald ich die Hand zwischen ihre Schenkel gleiten lasse, um ihren harten kleinen Kitzler zu finden und ihn sanft zu streicheln, stößt sie einen lauten Schrei aus, wird steif und ergießt sich in meine Handfläche.

Während ich ihr Stöhnen schlucke, reibe ich weiter, locke mehr Gleitmittel aus ihrem Inneren, plötzlich verzweifelt bemüht, ihr einen neuen Höhepunkt zu verschaffen. Um zu sehen, wie lange ich ihren Orgasmus hinauszögern kann.

Ihr ganzer Körper zittert, aber ich gewähre ihr keine Schonung. Ich ziehe langsame, rhythmische Kreise um ihre zuckende Klitoris, bewege meine Lippen auf ihrem Mund im Gleichklang mit meiner Fingerspitze. Mit meinem anderen Arm halte ich sie aufrecht, während sie kommt und kommt, ihre köstliche tropfnasse Muschi zieht sich immer wieder zusammen.

Irgendwann wird ihr lustvolles Keuchen zu eincm Flehen nach einer Pause. Ihr unzusammenhängendes Gemurmel hindert mich nicht daran, sie zu küssen. Ich weiß, was sie sagt, auch wenn sie sich selbst nicht sicher ist. Sie bettelt darum, dass ich aufhöre, sie zu streicheln. Gleichzeitig fleht sie mich an, den Orgasmus aus ihrer krampfenden Möse zu verlängern.

Ich fühle mich mächtig, unantastbar, stolz. Ich weiß nicht, ob es für Alphas üblich ist, derlei zu empfinden, wenn sie ihre Omegas befriedigen, oder ob es nur an mir liegt. Aber irgendetwas in Emmas Verhalten schürt meine Dominanz, wenn ich sie berühre, und gibt mir das Gefühl, Berge versetzen und alles erobern zu können. Es ist berauschend und aufregend, und ihren Körper meinem Willen zu unterwerfen ist besser, als Hunderte im Kampf zu töten oder neue Planeten zu erforschen.

Ich bin süchtig.

Sie wölbt jetzt ihre Hüften in die Höhe und versucht, meiner unaufhaltsam streichelnden Fingerspitze zu entfliehen, doch ich lege meine andere Hand auf ihren runden, prallen Hintern und halte sie so fest in Position.

Emma wird dem, was ich mit ihr mache, nicht entkommen.

Ich ertrinke im Geschmack, im Gefühl und im Duft von ihr. Sie ist so feucht, dass ich es hören kann - das unverwechselbare Geräusch meiner Finger, die über ihr Geschlecht gleiten.

Es ist unglaublich, aber sie kommt immer noch. Ich habe noch nie eine Frau gekannt, die so leicht zu befriedigen und so gierig danach war, und ich frage mich, ob das Ogsul-Serum etwas damit zu tun hat.

Wenn ja, werden die anderen Alphakönige auf ihre Kosten kommen.

Trotzdem müssen sie sich gedulden, bis sie an der Reihe sind. Abwarten, ob das Serum bei Ulfarri-Beta-Frauen wirkt, oder ob wir mehr Mee-Nschen von der Erde importieren müssen.

Ich hingegen brauche nicht zu warten.

Mein Schwanz ist so steif wie Emmas kleiner Kitzler und pocht so stark, dass es weh tut. Irgendwie ist ihr Vergnügen deutlich mit meinem verbunden - so wie unsere anderen Emotionen auch -, und ihr endloser Höhepunkt lässt meine Eier anspannen, Wellen der Lust rauschen durch meine Lenden, die sich dann in meinem ganzen Körper ausbreiten.

Ohne mich auch nur zu berühren, bin ich ebenfalls nah dran.

Emma schreit auf, als ich sie leicht anhebe und sie in einer einzigen, fließenden Bewegung auf meinem Körper aufspieße - ob aus Erleichterung oder Vergnügen ist, weiß ich nicht.

Das stetige, rhythmische Umklammern ihrer engen Hitze um meinen Schwanz reicht fast aus, um mich in den Wahnsinn zu treiben, und ich lasse sie auf meinem Schaft hüpfen - einmal, zweimal, dreimal in festen Stößen in voller Länge, bevor sich der Knoten bildet und ich mit einem Brüllen komme, wobei ich sie an mich heranziehe, während ich mich in ihr reibe.

Ich halte sie fest umschlungen, während ich spüre, wie mein Schwanz in ihrer glitschigen Fotze zuckt und mit jedem lustvollen Pulsieren heißen Samen tief in sie spritzt. Trotz des Knotens nehme ich wahr, wie das Sperma aus ihr herausläuft, über meine Eier und Oberschenkel hinunterrutscht und auf den Boden tropft, und trotzdem ergieße ich immer noch in sie, wobei die Kraft des Höhepunkts meine Knie zittern lässt.

Ich vergrabe mein Gesicht in ihrem seidigen, goldenen Haar, atme ihren heißen Honigduft ein, der sich mit den unverkennbaren Aromen unserer gemeinsamen Erregung vermischt. Ich staune, wie winzig und zerbrechlich sic sich in meinen Armen anfühlt, und wie kräftig ich sie ungeachtet dessen nehmen kann.

Ich würde für sie töten.

Ich würde für sie sterben.

Eines ist klar: So habe ich noch nie für jemanden gefühlt. Und ich danke Ulf, dass er Emma in mein Leben gebracht hat.

FÜNFZEHNTES KAPITEL

Emma

Die letzten paar Tage sind wie im Flug vergangen. Seit ich in Altrim, Khans Reich, angekommen bin, fühle ich mich wie eine Gefangene - wenn auch verwöhnt und in Ehren gehalten. Mein Leben scheint aus nichts anderem zu bestehen als aus Essen, Schlafen und Ficken in allen möglichen Positionen bis zum Sonnenaufgang. Es ist also kaum verwunderlich, dass ich ruhelos, wund und unmotiviert bin.

Ich schätze, Khan versucht, sich auf seine eigene, schroffe Art um mich zu kümmern, doch ich ärgere mich immer noch darüber, wie er das macht. Ich war erleichtert, festzustellen, dass das Essen hier auf Ulfaria anders ist als das, was man mir auf dem Raumschiff vorgesetzt hat. Aber der Geschmack, der Geruch und die Beschaffenheit von allem, was ich bisher probiert habe, sind seltsam, sodass ich nicht die Menge zu mir nehme, die ich wahrscheinlich sollte.

Besonders wenn man bedenkt, wie viele Kalorien beim Sex verbrannt werden.

Und bei den Orgasmen.

Es gibt keinen Teil meines Körpers, der nicht wehtut. Und obwohl meine Muschi wund ist und mein Kitzler bei der kleinsten Berührung schmerzt, will ich Khan immer noch. Ich gebe mich ihm hin, sobald er nach mir greift. Um dann hart und unkontrolliert zu kommen - dank seinen Fingern, seinem Mund und seinem Schwanz. Und dann gebe ich mich dem überwältigenden Gefühl der Zufriedenheit hin, das mich überkommt, wenn er schnurrt.

Es muss an dem Serum liegen, aber es ist wie eine Sucht. Ich will ihn, auch wenn ich weiß, dass ich es nicht sollte.

Am zweiten oder dritten Tag nach der Ankunft in seinem Palast ignoriere ich meine geschundenen Lenden und mache mich auf den Weg, mein neues Zuhause zu erkunden. Dabei fallen mir zum ersten Mal die außergewöhnlichen Kunstwerke auf, die die Wände schmücken.

Nach dem, was ich bisher gesehen habe, ist Ulfarias Technologie teilweise viel fortschrittlicher als unsere auf der Erde, während ein anderer Teil immer noch ziemlich primitiv erscheint - doch die Bilder sind anders als alles, was ich mir in meinen kühnsten Träumen vorgestellt habe.

Sie bewegen sich.

Die Bilder *bewegen sich* buchstäblich. Wasserfälle rauschen in Kaskaden hinab. Seen kräuseln sich. Wolken treiben. Blumen blühen. Ich weiß nicht, ob Porträts von Personen genauso wirken würden, denn ich habe bisher noch keine entdeckt, aber ich habe vor, es herauszufinden. Und heute ist der Tag, an dem ich das tun kann.

Ich liebe das Zeichnen, seit ich klein war. In gewisser Weise waren es diese Leidenschaft und Kreativität, die mich in die Werbung brachten. Da ich von der Malerei allein nicht leben konnte und dringend eine feste Stelle brauchte, entschied ich mich für Design und Fotografie. Nach meinem Kunststudium fing ich bei einer relativ kleinen Werbeagentur in London an und arbeitete mich hoch, bis ich ein anständiges Portfolio aufgebaut hatte. Dann beschloss ich, meinen Wohnsitz zu verlegen und über den Großen Teich zu ziehen.

Als mich die Agentur in Richmond einstellte, ging für mich ein Traum in Erfüllung. Ich würde nicht nur ein Arbeitsvisum für die USA erhalten, sondern auch weit weg von meiner Familie wohnen können. Zwei Fliegen mit einer Klappe. Zum Grafikdesign gehört weitaus mehr, als Farbe auf eine Leinwand zu spritzen, aber es stellte sich heraus, dass ich ein Händchen dafür hatte, das Geld stimmte und ich verstand mich gut mit meinen Kollegen - vor allem mit Susan, die, wie sich herausstellte, ebenso wie ich pervers angehaucht war.

Ich habe ein mulmiges Gefühl im Bauch, wenn ich an mein Leben zu Hause denke, also kämme ich mir mit den Fingern durch mein noch feuchtes Haar, straffe die Schultern und schiebe diese Gedanken weg. Nachdem ich von den lebenden Bildern geschwärmt hatte, hat Khan angeboten, eine Künstlerin einzuladen, die mir zeigt, wie man sie anfertigt. Sie kommt heute. Und selbst wenn ich nicht verzweifelt nach etwas anderem suchen würde, um die Monotonie meines derzeitigen Daseins zu unterbrechen, wäre ich superaufgeregt deswegen.

Plätschernde Seen? Glitzernde Sterne? Ich bin so nah an die Bilder herangerobbt, dass ich buchstäblich mit der Nase daran gestoßen bin, und konnte immer noch nicht herausfinden, warum sie sich bewegten - oder sogar, welches Material zu ihrer Herstellung verwendet worden war. Es ist auf jeden Fall kein Aquarell, Acryl, Öl oder eine andere gängige Substanz, von der ich je gehört habe.

Jetzt gehe ich in der Begrüßungshalle, wie Khan sie

nennt, auf und ab und schaue abwechselnd auf den riesigen Eingang und das unglaubliche Bild eines Flusses, der in Kaskaden die Seite eines Berges hinabstürzt.

„Majesta?", ruft mir eine der Beta-Dienerinnen vom anderen Ende des Raumes zu. „Euer Gast ist eingetroffen."

„Bitte führt sie herein."

Ich glaube nicht, dass ich mich jemals daran gewöhnen werde, Dienerinnen zu haben. Ich kann mich vage erinnern, dass bei unserer Ankunft Soldaten herumstanden, doch seit diesem ersten Tag habe ich keinen einzigen männlichen Diener oder Soldaten gesehen, weder Beta noch Alpha. Khan ist wahnsinnig besitzergreifend. Ich weiß nicht, ob er mir in der Nähe anderer Männer nicht traut oder ob er ihnen in meiner Nähe nicht traut, aber das Ergebnis ist dasselbe: Ich bin von Ulfarri-Beta-Dienerinnen umgeben.

Diese hier, Lilla, ist jung und hübsch, mit pastellrosa Haut und lilafarbenem Haar. Sie führt diejenige herein, von der ich annehme, dass sie die Künstlerin ist - natürlich eine andere Frau -, die dieselbe Art von Gewand trägt, die alle Betas anhaben. Ich habe schnell gelernt, dass die verschiedenen Farben der Roben von Bedeutung sind, je nach der Rolle, die die Betas in der Gesellschaft spielen.

Die Farbe der Künstlerin ist ein tiefes, sattes Orange.

„Majesta", fährt Lilla fort, „das ist Deva."

Deva schleppt eine riesige Tasche mit sich, die sie neben sich abstellt. Sie scheint etwa mittleren Alters zu sein, mit großen, dunkelbraunen Augen, bronzefarbener Haut und rostrotem Haar. Ihre Hände und ihr Gesicht sind mit karamellfarbenen Flecken übersät. „Majesta", begrüßt sie mich.

„Nennt mich Emma", sage ich. „Bitte."

„Emma." Deva blickt Lilla nervös an, als würde sie sich davor hüten, mich formlos anzusprechen. Wenn es nach mir ginge, würden sie mich alle bei meinem Namen nennen, aber Khan will das nicht zulassen. Er sagt, ich sei seine Königin und müsse als solche behandelt werden. Meine Wünsche spielen in dieser Hinsicht offenbar keine Rolle.

„Möchtet Ihr eine Erfrischung?“, erkundige ich mich.

Deva schüttelt den Kopf.

„Danke, Lilla. Du kannst dann gehen.“

Es tritt eine unangenehme Pause ein, während die Dienerin sich entfernt. Alle Beta-Frauen gleiten mehr, als dass sie gehen - sie besitzen eine angeborene Anmut. Ich frage mich, ob sie damit geboren wurden oder ob man sie ihnen irgendwo beigebracht hat.

„Willkommen, Deva. Es ist schön, Euch kennenzulernen.“ Ich will gerade meine Hand ausstrecken, da fällt mir ein, dass man hier anders vorgeht. Kein Händeschütteln auf Ulfaria.

„Es ist eine Ehre, eingeladen zu werden. Wie ich höre, interessiert Ihr Euch sich für Kunst?“

„Das tue ich! Ich möchte genau wissen, wie man solche Bilder malt.“ Ich zeige auf das Gemälde vom Fluss. Es ist riesig und nimmt ein Drittel der Wand ein.

Eine kleine Falte bildet sich zwischen Devas Augenbrauen. „Wollt Ihr die selbst herstellen?“

„Das will ich, ja.“

Es entsteht eine Pause. „Es gehört eine gewisse ... Fähigkeit dazu. Es braucht viele Jahre der Übung. Nicht alle sind mit dieser Begabung geboren.“

Hmm. Ich frage mich, ob sie mir damit sagen will, dass nicht jeder künstlerisch begabt ist, oder ob nicht jeder in der Lage ist, die Substanz zu benutzen, die die Bilder bewegt. Ich weiß, dass ich Ersteres besitze ... „Welche Art von Farbe verwendest du?“

Sie zögert, als wüsste sie nicht, ob sie etwas erwidern soll, dann bückt sie sich und kramt in ihrer großen Tasche. Sie holt einen Topf heraus und reicht ihn mir.

Ich halte ihn nah an mein Gesicht, um ihn zu inspizieren. In dem Gefäß befindet sich eine leuchtend blaugrüne

Substanz. Der Deckel scheint festzusitzen, und wenn ich das Glas kippe, bewegt sich der Inhalt langsam, er ist also flüssig, aber zäh. Und die Materie schimmert im Licht. „Und wie tragt Ihr es auf?“

Sie kramt weiter, dann gibt sie mir ein Werkzeug, das wie eine Mischung aus einem Pinsel und einer Feder aussieht. Der Griff ist lang und spitz zulaufend wie bei einem normalen Pinsel, doch aus der Nähe sehen die Borsten eher wie winzige Federn aus. Sie sind so weich an meiner Fingerspitze, dass ich mich frage, woher ich weiß, ob ich den richtigen Druck ausübe.

Vielleicht lerne ich gerade wieder, wie man malt.

„Das“, ich halte das Glas hoch, „ist es, was das Bild bewegt?“

„Nein.“ Deva schüttelt den Kopf. „Das macht der magische Staub.“

„Habt Ihr welchen hier?“

Sie beugt sich zu ihrer Tasche hinunter und holt ein weiteres Glas hervor. Ich weiß nicht, was ich erwartet habe, doch das Pulver in diesem Glas sieht aus wie sehr fein gemahlenes Mehl. Kein magisches Glitzern, nicht einmal ein leichter Schimmer. Es wirkt enttäuschend gewöhnlich. „Das ist es, was das Bild bewegt?“, hake ich erneut zur Bestätigung nach.

„Ja. Aber nur diejenigen, die die Gabe haben, können das bewirken.“

„Die Gabe?“

Sie nickt. „Wie ich schon sagte, man braucht viele Jahre, um es zu lernen.“

Auch hier frage ich mich, ob sie das Bild oder das Malen an sich meint. Ich schätze, ich werde einfach abwarten müssen. „Meint Ihr, Ihr könnt es mir beibringen?“

„Ich kann es versuchen.“ Sie hebt ihre Tasche auf, gleitet zu dem großen Tisch hinüber, den ich extra abgeräumt habe, und fängt an, die Sachen aufzustellen. Ich erkenne Paletten, weitere Pinsel in verschiedenen Größen - aber alle mit den seltsamen Federspitzen - und mehrere Gefäße mit Farben in den erlesensten Tönen. Dann breitet Deva zwei Leinwände aus, eine an jedem Ende des Tisches. „Majesta-"

„Emma", korrigiere ich sie automatisch.

„Emma. Ich kann nichts versprechen. Seine Majestät wird höchst verärgert sein, wenn ich ..."

„Macht Euch bitte keine Sorgen um Khan", unterbreche ich sie erneut. „Ich möchte nur, dass Ihr mir das zeigt. Alles, was ich produziere - oder wozu ich nicht in der Lage bin - liegt nicht in Euren Händen. Ihr werdet nicht dafür verantwortlich gemacht werden."

Sie entspannt sichtbar ihre Schultern. „Danke, Maj... Emma."

Als ich mich vor eine der Leinwände stelle, zieht mich die wollweiße Fläche ebenso an wie die satten Farben in den Töpfchen. Das ganze Szenario entfacht etwas tief in meinem Inneren. Aufregung. Hoffnung. Potenzial. Ich werfe einen Blick auf das Gemälde an der Wand, auf die Art und Weise, wie der Fluss schimmert, wenn er den Berg hinunterstürzt - und mir wird klar, wie sehr ich das vermisst habe. So gerne ich auch in der Werbebranche gearbeitet habe, nichts hat mir jemals den gleichen Kick gegeben, wie vor einer leeren Leinwand zu stehen und zu wissen, dass ich im Begriff war, etwas zu erschaffen. Kunst zu machen.

Ich nehme einen der Pinsel in die Hand und taste vorsichtig mit der Spitze, um ein Gefühl dafür zu bekommen. Deva hat sich in der Zwischenzeit vor die andere Leinwand gestellt. Ich beobachte sie, wie sie sich vorbereitet. Ich ahme ihre Bewegungen nach, während sie eine Reihe von Pinseln, Farben und etwas, das wie ein riesiger schwarzer Schwamm aussieht, bereitstellt.

„Wofür ist das?"

„Ich reinige die Bürsten. Ich zeige es Euch." Sie dreht sich um und schaut aus dem raumhohen Fenster, das uns einen Panoramablick auf Altrim bietet. „So viel Inspiration."

„Es ist wunderschön." Manchmal fühle ich mich immer noch wie in einem Traum, wenn ich aufwache und das rauschende Wasser sehe, die seltsamen, schwebenden Plattformen, mit denen die Leute herumfahren, die verrückte Architektur. Es sollte mich nicht überraschen, dass mein Instinkt danach verlangt, all das irgendwie festzuhalten.

Ich beobachte Deva, wie sie verschiedene Farbkleckse auf eine Palette gibt und dann einen Pinsel in die Hand nimmt. Soweit ich das bisher beurteilen kann, scheint die Konsistenz dieser Farben den Ölfarben, die wir zu Hause verwenden, am nächsten zu kommen. Ich mache mich daran, meine eigene Palette zu füllen. Ich weiß genau, was ich malen möchte. Für den Anfang halte ich es einfach - zumindest, bis ich gelernt habe, mit diesen neuen Werkzeugen zu hantieren.

Deva wirkt, als sei sie im Rausch, diesem seltsamen Zustand, in den Kreative manchmal geraten, wenn sie arbeiten. Ich platze vor Fragen, aber ich will sie nicht unterbrechen. Sie strahlt eine ruhige Effizienz aus, und ich mag sie jetzt schon. Nachdem ich seit meiner Ankunft hier einige Ulfarri-Frauen kennengelernt habe, bin ich erleichtert, dass ich nicht ausschließlich von überheblichen Alphas umgeben bin.

Wie sich herausgestellt hat, reicht mir einer völlig aus.

Ich schiebe den Gedanken an Khan beiseite, atme tief durch und genieße das Kribbeln der Erregung, das ich spüre, als ich den Pinsel greife und die Spitze in die azurblaue Farbe tauche, wie ich es bei Deva gesehen habe.

Damals auf der Erde war die Malerei für mich eine Flucht - eines der wenigen Dinge, die ich tun konnte, bei denen mein Kopf tatsächlich zur Ruhe kam. Das hat mich davon abgehalten, zu viel nachzudenken. Gerade wird mir klar, dass ich hoffe, dass das Malen hier auf Altrim den gleichen Effekt hat.

Gott weiß, dass ich im Moment ein wenig Urlaub von meinem eigenen Kopf gebrauchen könnte. Ich verbringe jede Menge Zeit damit, mir Gedanken über die Zukunft zu machen, über meine widersprüchlichen Gefühle für Khan und darüber, dass die Ulfarri möglicherweise menschliche Frauen entführen und versklaven wollen - ganz zu schweigen davon, dass ich auf einen fremden Planeten entführt und in die Sklaverei verkauft worden bin.

Ich bete nur, dass es mir genauso hilft, mich im kreativen Prozess zu verlieren, wie es früher der Fall war.

Das Gefühl des Pinsels, der über die Leinwand gleitet, ist wundervoll. Unglaublich, die Pigmente der Farbe werden noch lebendiger und satter, wenn ich sie auftrage. Die Farbe ist so wunderschön, dass es fast weh tut, sie anzuschauen.

Ich blicke nach oben und sehe, wie Deva ihren Pinsel reinigt, indem sie ihn über den schwarzen Schwamm wirbelt, und ich tue dasselbe mit meinem. Es funktioniert. An der Spitze ist keine Spur von Blau mehr zu erkennen und sie ist völlig trocken. Erstaunlich.

Mit pochendem Herzen tauche ich meinen Pinsel in weiße Farbe und mache mich an die Arbeit ...

SECHZEHNTES KAPITEL

Emma

Ich habe das Zeitgefühl verloren. Alles hat aufgehört zu existieren, außer der Art und Weise, wie diese unglaubliche Farbe in die Leinwand eindrang, wie die Spitze meines Pinsels wirbelte und strich … bis ich zurücktrat und mein Werk bewunderte.

„Ihr habt Talent."

Ich zucke zusammen, als unvermittelt eine Stimme neben mir ertönt. Ich hatte vergessen, dass Deva überhaupt da war. Gemeinsam blicken wir auf das Ergebnis meiner Arbeit: der Teich am Ende des Gartens meiner Großmutter. Der Ort meiner glücklichsten Kindheitserinnerungen. Ich habe es aus dem Gedächtnis gemalt, aber wenn ich es jetzt betrachte, packt mich plötzlich ein Anflug von Nostalgie.

„Danke", erwidere ich und erinnere mich, dass Deva mir gerade ein Kompliment gemacht hat. Ich schaue über den Tisch, um zu sehen, was sie erschaffen hat. Es ist eine atemberaubende Darstellung von drei Monden, die sich violett von dem nachtschwarzen, sternenübersäten Himmel abheben. Schwer zu sagen, ob der Tag- oder Nachthimmel hier schöner ist - Ulfaria hat drei Monde und fünf Sonnen. Astronomen von der Erde hätten einen Heidenspaß, das alles zu studieren. „Euer Bild ist wunderschön."

Deva wartet, bis ich den Blickkontakt aufgenommen habe, dann zwinkert sie mir zu. „Bereit für die Magie?"

Eine weitere Welle der Aufregung raubt mir den Atem. Ich war so in meinen Erinnerungen versunken, dass ich diesen Teil völlig vergessen habe. „Wir werden sie dazu bringen, sich zu bewegen?"

„Das machen wir." Sie nimmt das Gefäß mit der Substanz, das wie fein gemahlenes Mehl aussieht, schraubt den Deckel ab und gleitet zurück zu ihrem Bild. „Schaut zu." Im Deckel des Glases sind winzige Löcher, wie man sie auf der Erde für Kräuter hat, und sie schüttelt es über ihre Leinwand. Das Pulver ist so fein, dass ich kaum sehen kann, wie es ihr Bild bestäubt. „Jetzt warten wir."

„Wie lange?" Ich bin so ungeduldig wie ein Kind am Weihnachtsmorgen.

„Nicht lange."

Ich setze mich zu ihr und betracht ihr Bild genau. Ich merke, dass ich den Atem anhalte.

„So." Sie stößt einen kleinen Seufzer aus. „Seht Ihr?"

Zuerst denke ich, sie hätte die Sterne einfach so geschickt gemalt, dass es aussieht, als würden sie funkeln, doch jetzt stelle ich fest, dass sie wirklich zu glitzern begonnen haben. Es ist subtil, aber sehr beeindruckend.

Ich reibe über die Gänsehaut, die sich plötzlich auf meinen Armen gebildet hat. „Das ist unglaublich."

„Wollen Ihr Eures auch bearbeiten?"

„Ja, bitte." Wir bewegen uns auf die andere Seite des

Tisches, bis wir vor meiner Leinwand stehen. „Kann ich das versuchen oder müsst Ihr das übernehmen?"

„Ihr könnt es versuchen." Deva zuckt mit den Schultern. „Es könnte funktionieren."

Ich nehme ihr die Dose mit dem Pulver ab und schnuppere vorsichtig daran. Es riecht nach gar nichts. „Ich streue es einfach drüber?"

„Ja. Wie ich."

Auch hier kann ich nicht sehen, dass der Staub das Gefäß verlässt oder auf der Farbe landet, aber ich schüttele es behutsam, bis ich sicher bin, dass jeder Zentimeter meines Gemäldes bedeckt ist. Dann halte ich den Atem an.

Ich möchte, dass sich der Teich kräuselt und dass sich die Blätter der alten Eiche, auf die ich als Kind so gerne geklettert bin, bewegen. Ich frage mich, woher der Staub weiß, welche Teile des Bildes animiert werden sollen.

„Muss ich sonst noch etwas tun?"

„Gar nichts."

Ich halte erneut den Atem an und lasse ihn langsam und vorsichtig wieder entweichen. Es kann unmöglich so einfach sein. Es wird nicht klappen. Deva ist sicher eine Art Hexe - schließlich hat sie auch erwähnt, man müsse das Handwerk jahrelang studieren.

„Maj... Emma! Seht Ihr? Es klappt!"

Tatsächlich kräuselt sich die Oberfläche des Teichs sanft, als würde sie von einer leichten Brise gestreichelt. Ich starre auf die Blätter, die ich so sorgfältig auf den Baum gemalt habe und will, dass sie rascheln.

Als sie das tun, stoße ich einen Freudenschrei aus und erschrecke Deva.

„Es funktioniert! Schaut! Es bewegt sich!"

„Ihr habt wirklich großes Talent", verkündet Deva. „Wie ich schon sagte, die meisten müssen jahrelang studieren ..."

„Meine Emma ist etwas Besonderes." Khan legt seine

Arme von hinten um mich und schmiegt sich an meinen Hals.

„Sieh nur!“ Ich hüpfe praktisch in seiner Umarmung. Ich kann den Blick nicht von dem Bild abwenden. „Sieh!“

„Ist das die Erde?“, fragt er.

„Ja. Der Garten meiner Großeltern.“

„Großeltern?“ Ich kann die Verwunderung in seiner Stimme hören. Haben sie auf Ulfaria so etwas nicht? Mir wird wieder einmal bewusst, wie wenig ich über diesen Planeten und seine Bewohner weiß.

„Die Eltern meiner Mutter“, stelle ich klar.

„Ah.“

Plötzlich brennen mir die Tränen in den Augen, und ich blinzle heftig, um sie zu verdrängen. Die ruhige, gelassene Stimmung, die mich beim Malen überkommen hat, ist verschwunden, und alle meine Sorgen sind in Windeseile wieder da. Khans große Hand gleitet über meinen Bauch hinunter und drückt sich zwischen meine Beine. Ich unterdrücke ein Stöhnen, während sich mein Gesicht erhitzt. Muss er das vor Deva tun?

„Lass uns allein“, befiehlt er der Künstlerin, als hätte er meine Gedanken gelesen.

„Nein“, sage ich und widerspreche seinem Befehl.

Deva, die bereits begonnen hatte, ihre Sachen zusammenzupacken, erstarrt. Sie gafft uns beide mit großen Augen an. Ich nehme eine Welle ihres Mitleids wahr. Khans Arme sind wie versteinert um mich geworden. Er ist wütend. Ich kann spüren, wie es sich durch unser Band ausbreitet.

„Ich meine, würde es Euch etwas ausmachen, die Sachen hier zu lassen?“ Ich wechsle die Strategie. „Damit ich später noch etwas malen kann?“

Deva verbeugt sich ein wenig. „Natürlich, Majesta.“ Da Khan hier ist, korrigiere ich sie nicht, als sie den Begriff benutzt. „Ihr werdet mehr Leinwände brauchen.“

„Ich werde dafür sorgen, dass meine Königin alles hat, was sie braucht“, erwidert Khan. „Calla wird dich für deine Materialien entschädigen. Nun geh.“

„Vielen Dank ...“, beginne ich, doch Deva huscht aus dem Zimmer, als würde sie von Hornissen gejagt. „Khan. Warum hast du sie weggeschickt?“ *Ich habe mich endlich amüsiert*, will ich noch hinzufügen, aber überlege es mir anders.

„Es ist Stunden her, seit ich dich das letzte Mal gesehen habe.“ Seine Stimme dröhnt in seiner Brust gegen meinen Rücken, und ich atme seinen würzigen, holzigen Schokoladenduft ein. „Ich habe dich vermisst.“

Er verstärkt den Griff um mein Geschlecht durch mein seidiges Gewand hindurch, und ich keuche auf und spüre den vertrauten Schwall, den seine Berührung immer in meiner Muschi auslöst. Dann schiebt er seine breite Handfläche nach oben, bis sie auf meinem Unterbauch ruht. Ich möchte vor Enttäuschung aufstöhnen.

„Ich kann es kaum erwarten, dass du meinen Erben zur Welt bringst“, sagt er heiser. „Vielleicht hat sich mein Samen bereits festgesetzt.“

Meine Freude über das Bild und mein plötzliches Verlangen verflüchtigen sich wie Rauchfahnen im Wind. „Vielleicht“, sage ich.

Ich hoffe, er kann den Kummer in meiner Stimme nicht hören.

* * *

Khan

Ich beginne zu begreifen, dass es schön und gut ist, einen Partner zu finden - schwieriger ist jedoch, was danach kommt. Ich verbringe einen Großteil der Zeit in Verwirrung.

So sehr ich Emma auch begehre, so sehr sich mein Körper danach sehnt, ihr nahe zu sein, in ihr zu sein, sich an sie zu lehnen, so sehr macht sie mich manchmal auch wütend. Und verwirrt. Sind alle Frauen so, oder nur die von Mee-Nschen? Oder ist es nur *diese* eine?

Das Zusammenleben und die gemeinsame Nutzung meines Palastes mit Emma zeigt mir auf, wie wenig Zeit ich früher mit Frauen verbracht habe. Sicher, ich habe mich mit vielen vergnügt, aber nach diesen Intermezzi habe ich mich immer schnell zurückgezogen. Und obwohl ich immer von Ulfarri-Beta-Frauen umgeben war, waren sie nur dazu da, mir im Alltag zu dienen. Emma verhält sich wie eine Ebenbürtige - zumindest die meiste Zeit über.

Ich würde es nicht anders haben wollen.

Es ist schon komisch, wie stolz ich war, als sie sich zum ersten Mal mir gegenüber behauptet hat. Die Tage nach ihrer Ankunft auf Altrim war sie etwas benommen - was ich verstehen kann. Sie war gezwungen, sich mit so vielen Veränderungen auseinanderzusetzen: Sie befindet sich in einer völlig fremden Welt, außerdem ganz zu schweigen von dem Tribut, den die Brunst von dem Körper fordern kann. Ich selbst finde die Brunft als eine Herausforderung, auch wenn ich mich nicht an eine komplett neue Lebenssituation gewöhnen muss.

Aber jetzt, da sie schon eine Weile hier ist und vor allem, seit sie ihre Leidenschaft für die Malerei entdeckt hat, spricht sie viel deutlicher über die Dinge, die ihr gefallen - und vor allem über die Dinge, die ihr nicht gefallen. Sie scheint von mir weniger eingeschüchtert zu sein, was eine große Erleichterung ist. Ich will nicht, dass meine Partnerin Angst vor mir hat. Ich möchte, dass sie mich begehrt und wertschätzt.

Ulfarri-Frauen wird beigebracht, anmutig und ruhig zu

sein und dass Alphamännchen ihnen in jeder Hinsicht überlegen sind.

Emma hat Momente, in denen sie sich fast genauso verhält.

Sie hat aber auch Momente, in denen sie völlig anders ist.

Dennoch ist es mir beinah unmöglich, ihr böse zu sein. Sie ist irgendwie spielerisch in ihrem Ungehorsam, und ein Teil von mir genießt es, mit ihr zu streiten.

Auf jeden Fall wissen wir beide, wer am Ende gewinnen wird.

Ich war nicht auf den Stolz vorbereitet, den ich empfand, als ich sah, wie künstlerisch begabt Emma ist. Zuerst hatte ich Deva herbeigerufen, um sie zu besänftigen - Emma war immer noch still und schien traurig, und die Gemälde in meinem Palast waren eines der wenigen Dinge, die ihr Interesse weckten.

Ich hätte nie erwartet, dass meine kleine Omega solch beeindruckende Kunstwerke erschaffen würde.

Auch Deva war überrascht. Beta-Künstler verbringen Jahre damit, ihr Talent zu kultivieren. Ich hatte den Eindruck, dass Deva ein wenig verärgert darüber war, wie schnell Emma das Talent zu entwickeln schien, doch dann erzählte Emma mir, dass sie auf der Erde ebenfalls eine Künstlerin ist und ebenfalls lange Zeit trainiert hat.

Sie verwenden dort nur andere Materialien. Und anscheinend bewegen sich ihre Bilder nicht.

Emma ist nun entschlossen, Lebewesen zu malen. Ulfarri malen alles - Lebensmittel, Landschaften, abstrakte Formen, aber sie haben immer davon abgesehen, Personen oder Tiere zu zeichnen. Es gibt einen Aberglauben, dass die Belebung von Lebewesen mit dem magischen Staub ein schlechtes Omen bedeutet. Wenn man sie auf der Leinwand zum Leben erweckt, führt das in der realen Welt irgendwie zum Tod.

Meine kleine Omega ist fest entschlossen, allen das

Gegenteil zu beweisen. Jahrelanger Aberglaube wird auf den Kopf gestellt werden, wenn sie ihren Willen bekommt. Deva ist entsetzt - ebenso wie alle anderen Betas, denen sie von diesem Plan erzählt. Doch Emma ist eigensinnig und lässt sich nicht beirren.

Ich unterstütze sie dabei, da ich sie gerne verwöhne, wo ich kann, aber selbst ich habe eine Grenze gezogen, als sie darum bat, mich zu malen. Denn was ist, wenn sie sich irrt?

Ich bat sie, zuerst an anderen Kreaturen zu üben. An Insekten vielleicht. Oder dem Steinkönig, wie sie anbot, was mich zum Lächeln brachte. Sie hatte sofort eine Abneigung gegen ihn, was mich nur darin bestätigte, wie gut wir zusammenpassen. Ich habe ihn auch noch nie gemocht.

Ihre Darstellung von ihm war fantastisch, sie hat sein Abbild so perfekt eingefangen, dass das Gemälde mir eine Gänsehaut bereitet, so wie es der Fall wäre, wenn der echte König in der Nähe ist. Nachdem sie die Leinwand mit dem magischen Staub bestreut hatte, hielten wir beide den Atem an und warteten - und tatsächlich begannen seine Augen aus dem dunklen Schatten seiner Kapuze leicht zu leuchten.

Emma stieß einen kleinen Schrei aus. „Er ist so unheimlich", sagte sie und trat näher an mich heran. Ich glaube nicht, dass sie bemerkt hat, wie sie sehr meine Nähe sucht, sobald sie sich unwohl fühlt. Aber ich schon.

Auf jeden Fall ist der Steinkönig noch am Leben - sehr zu unserer Enttäuschung -, und Deva musste zugeben, dass der Aberglaube, der Ulfarri davon abhält, lebende Kreaturen zu malen, vielleicht genau das war: unbegründeter Aberglaube.

Auf dieses Zugeständnis folgte schnell die Freude darüber, dass sie und andere Künstler nun nach Herzenslust Tiere und Ulfarri malen können.

Ich bin erst seit so kurzer Zeit wieder hier und schon verändert meine Emma den Planeten.

Ich schaue über den Tisch und bewundere die kleine

Omega, die so schnell zu meiner ganzen Welt geworden ist. Sie ist so schön, ihr goldenes Haar fällt ihr in Wellen über die Schultern und das Licht der Kugeln lässt ihre Haut blassrosa schimmern. Sie trägt ein traditionelles Ulfarri-Gewand, das ihre runden, köstlichen Brüste betont.

Obwohl ich nicht mehr in der Brunst bin, versteift sich mein Schwanz, als ich sie mir nackt vorstelle. Bilde ich mir das nur ein, oder sind ihre Brüste voller als vorher? Ist es zu früh, oder könnte sie bereits schwanger sein?

Der Gedanke an ihren Bauch, der durch meinen Samen anschwillt, lässt sich meine Brust zusammenziehen. Ich wusste nie, was Sehnsucht ist, bevor dieser Mee-Nsch in mein Leben trat.

„Kannst du mir den Krug reichen?“, frage ich sie, weil ich meine plötzlich trockene Kehle befeuchten muss.

Sie schaut zu mir auf, ihre Gabel hält auf dem Weg zum Mund in der Luft inne. Meine Emma ist ein wählerischer Esser. Bisher hat ihr noch keines unserer Gerichte wirklich geschmeckt, weshalb ich die königliche Köchin alle möglichen Rezepte ausprobieren lasse. Emma hatte ihr sogar ein Rezept von der Erde beschrieben, um den Geschmack ihres Zuhauses nachzubilden, aber da die Zutaten so anders waren, war das Endergebnis enttäuschend.

„Den Krug?“, fragt Emma, obwohl ich genau weiß, dass sie mich gehört hat.

Ich unterdrücke einen Seufzer. Sie ist in seltsamer Stimmung. Ich kann spüren, wie ihre Emotionen durch unsere Verbindung schwingen - Trotz und noch etwas anderes. Wut? Oder ist es Frustration? „Ja. Ich bin durstig.“

Mit ihren großen, himmelblauen Augen fixiert sie meine, als sie die freie Hand hebt und den Krug langsam und bedächtig, ohne den Blickkontakt zu unterbrechen, noch weiter von mir wegzieht.

Ich gebe ein warnendes Knurren von mir. „Emma.“

„Ja?“ Sie täuscht Unschuldigkeit vor.

„Ich werde dich nicht noch einmal fragen. Den Krug. Jetzt. - Nein!“, herrsche ich die Dienerin an, die bereits begonnen hat, nach vorne zu gleiten. Sie schreckt zurück in die Schatten.

„Du bist durstig?“, fragt Emma. Sie hat sich nach wie vor nicht bewegt. Die Gabel schwebt noch immer auf halbem Weg zu ihrem Mund in der Luft. „Möchtest du etwas trinken?“

Was spielt sie da? Meine Finger verkrampfen sich an meinen Schenkeln. Normalerweise würde ich ein solches anmaßendes Verhalten von einem Weibchen nicht tolerieren, aber Emma ist meine Gefährtin. Meine Königin. Ihr Glück ist mein Glück. Ich bin entschlossen, die Ursache für dieses seltsame Benehmen herauszufinden, bevor ich es im Keim ersticke. „Ja, das möchte ich“, sage ich und zwinge meine Stimme, leise und ruhig zu bleiben.

„Nun, *ich* möchte einen Milchkaffee. Ich möchte meine Familie anrufen. Ich möchte nach Hause gehen. Ich will so viele Dinge, die ich nie wieder haben werde!“ Ihre Stimme ist schrill und wird immer lauter, und in ihren Augen schimmern plötzlich Tränen. „Du kannst einfach rübergehen und den verdammten Krug selbst holen, aber diese Chance habe ich nicht. Du lässt mir diese Möglichkeit nicht! Also hol dir dein eigenes verfluchtes Getränk! Wenigstens hast du diese Fähigkeit!“

Bevor ich etwas erwidern kann, bevor ich reagieren kann, gibt es ein hässliches schabendes Geräusch, als sie den Stuhl zurückschiebt und die Gabel klappernd fallen lässt, sich auf dem Absatz umdreht und aus dem Zimmer rennt.

Der Trotz in unserer Verbindung ist verschwunden. An seine Stelle ist eine tiefe, herzzerreißende Traurigkeit getreten. Ich reibe über meine Brust wegen des plötzlichen Schmerzes und bin sprachlos.

Es ist das erste Mal, dass Emma ihre Stimme mir gegenüber erhebt, wenn sie sich nicht gerade über etwas freut. Und anstatt mich wütend zu stimmen, zerbricht es mir beinahe das Herz.

Ich bin der Grund für ihren Kummer, obwohl ich alles in meiner Macht Stehende unternommen habe, um sie glücklich zu machen.

Ich habe ihr die luxuriösesten Kleider, Möbel, Juwelen und Lebensmittel geschenkt - ich habe sogar eine Kunstlehrerin für sie organisiert - und doch ist nichts davon genug. Nichts davon ist das, was sie wirklich will.

Sie will nach Hause.

Zur Erde.

Es muss eine Lösung geben. Und ich werde einen Weg finden, meine Emma glücklich zu machen. Und in der Zwischenzeit werde ich tun, was ich kann, um sie zu trösten.

SIEBZEHNTES KAPITEL

Emma

Khans schroffes, markantes Gesicht war ein Bild für die Götter während meines Ausbruchs. Seine Lippen waren zu einem perfekten O gerundet, und ich konnte spüren, wie sehr er um den Tisch herumkommen und mich an meinen Platz erinnern wollte. Zu seiner Ehrenrettung sei gesagt, dass er das nicht getan hat. Er saß da wie eine Statue, als ich ihn angeschrien habe.

Jetzt liege ich zusammengerollt in unserem Bett, die Tränen laufen mir heiß über das Gesicht und brennen mir in den Augen.

Die glatte Seide und die flauschigen Pelze fühlen sich weich an meinen nackten Beinen an. Seltsamerweise lässt mich das nur noch heftiger weinen.

Nestbau nennt Khan es, wenn ich diesen seltsamen, unerklärlichen Drang verspüre, unser Schlafgemach mit immer mehr Einrichtungsgegenständen auszustatten. Er lässt mir freie Hand und sorgt dafür, dass ich jede meiner Launen ausleben kann. Wenn ich ein Seidenkissen will, bekomme ich das beste Seidenkissen in Altrim. Lila Pelze. Petrolfarbene Teppiche. Kugellampen, die ein sanftes rosafarbenes Licht verbreiten. Meine eigenen Bilder schmücken die Wände. Ich dachte, Malereien von zu Hause würden mir etwas Trost spenden, aber ich habe mich geirrt. Jetzt verhöhnen mich die Bilder - vom Obstgarten meiner Großeltern, vom weißen Sandstrand in Thailand, von einer dampfenden Tasse Kaffee -, und erinnern mich jeden Tag auf grausame Weise daran, was ich vermisse.

Ich halte mir die Hand vor den Mund und schluchze noch lauter. Seit ich hier angekommen bin, habe ich alles so gut wie möglich unterdrückt. Habe mich damit abgelenkt, das Zimmer zu dekorieren und die Szenen meiner glücklichsten Erinnerungen zu malen - immer, wenn Khan mich nicht gefickt hat. Doch nun ist es so, als ob ein Damm gebrochen wäre.

Meine Gedanken rasen, während ich weine. Jetzt, da die Brunst vorbei ist (vorerst, Khan sagt, sie wird wahrscheinlich spätestens in einem Mondzyklus wiederkehren), habe ich einen klareren Kopf.

Und alles, woran ich denken kann, ist mein Schicksal - und das der anderen menschlichen Frauen, die sie hierherbringen wollen. Erst gestern wurde mir gesagt, dass das Experiment fehlgeschlagen ist und die Ulfarri-Frauen vom Omega-Serum nicht beeinflusst werden. Mit anderen Worten: Aurus, der aufgeblasene Chromkönig und seine magischen Wissenschaftler werden anfangen, Frauen von der Erde zu entführen, und sie nach Ulfaria bringen.

Dieser Gedanke reicht aus, um eine neue Runde Weinkrämpfe auszulösen. Ich habe Schluckauf und bin heiser, als ich das Schnurren höre. Seine Stimme ist tief. Sanft. Beruhigend.

„Emma. Komm zu mir."

Er setzt sich zu mir aufs Bett, und ich rolle mich in seine Arme, immer noch schniefend. Meine Nase ist vom Weinen so verstopft, dass ich seinen Duft nicht riechen kann, aber schon das Grollen, das von seiner breiten Brust ausgeht, verlangsamt meinen Herzschlag und beruhigt mich.

Ich bekomme plötzlich Heißhunger auf Keksteig-Eis und frage mich, ob Hormone für meine depressive Stimmung sorgen. Kriegen Omegas PMS?

Seine riesige Hand legt sich auf meine Hüfte, seine langen, kräftigen Finger fahren über einen Teil meiner Pobacke. Seine andere Pranke streichelt über meinen Hinterkopf. Ich weiß nicht, wie er reden kann, während er schnurrt - oder knurrt -, aber er kann es. Es ist wie eine seltsame Art der Kreisatmung.

Ich hatte vermutet, dass er nach meinem Ausbruch wütend sein würde. Ich hatte schon beinahe erwartet, dass er sich über mich beugt und mir den Hintern versohlt, wie er es jetzt bereits ein paar Mal getan hat, wenn ich zu frech war. Stattdessen tröstet er mich.

Ich bin mir nicht sicher, was ich davon halten soll.

„Mein süßes kleines Ding", raunt er und streichelt mich immer noch. „Ich hasse es, solchen Kummer zu sehen."

Dann lass mich nach Hause gehen! Ich möchte ihn anblaffen, aber das Schnurren ist so beruhigend, dass ich nicht den Wunsch verspüre, dass er aufhört. Ich will ihn nicht verärgern.

Warum nicht?

Eine Frage, die ich im Moment nicht beantworten kann. Oder ich will es nicht.

Wie auch immer, ich schmiege mich stattdessen an ihn und lasse zu, dass sich die Vibrationen seiner breiten Brust in meinem Körper ausbreiten, bis mein Atem langsam und tief ist und die Tränen auf meinem Gesicht getrocknet sind.

„Es tut mir leid, dass ich dich angeschrien habe“, murmle ich an seiner Brust. Ich muss mich entschuldigen. Ich kann nicht anders. *Engländerin bleibt Engländerin ...*

Zu meiner Überraschung lacht er leise. „Du bist die einzige Frau, die jemals ihre Stimme gegen mich erhoben hat“, gibt er zu. „Normalerweise würde ich eine solche Unverschämtheit keine Sekunde lang dulden.“

„Ich weiß.“ Ich erschaudere bei der Erinnerung an das letzte Mal, als er mir den Hintern versohlt hat. Ich kann mich nicht einmal mehr entsinnen, warum - vielleicht habe ich ihn spielerisch geärgert? Aber er hat sich über mich gebeugt, mein Kleid hochgezogen (Unterwäsche gibt es auf diesem Planeten offenbar nicht) und mir mit roher Kraft den nackten Hintern versohlt, bis sich die Haut anfühlte, als sei sie verbrüht worden. Die Erinnerung daran lässt meinen Kitzler pochen, genau wie damals. Sollte Khan überrascht gewesen sein, mich tropfnass vorzufinden, nachdem er meinem Hintern den Farbton einer reifen Wassermelone verpasst hatte, hat er es sich nicht anmerken lassen. Doch ich bin mir ziemlich sicher, dass er herausgefunden hat, dass bestimmte Arten von Schmerz mich furchtbar erregen. Oder vielleicht dachte er nur, es sei die Brunst ...

„Ich weiß, was du denkst“, fährt er fort, und ich kann seine Belustigung fast spüren. „Aber nein, ich werde ein solches Benehmen nicht belohnen. Spielerische Aufsässigkeit ist eine Sache. Mich über den Esstisch hinweg anzuschreien ...“

„Ist eine andere“, beende ich für ihn. Ein Teil von mir fühlt sich schuldig. Ich habe mich wie ein Kind verhalten und ich kann mir kaum vorstellen, wie er sich gefühlt hat, als ich ihn angeschrien habe.

Ein anderer Teil von mir hingegen findet den Ausbruch nach wie vor gerechtfertigt. Jedes Wort, das ich gesagt habe, war wahr, auch wenn ich mich mit mehr Anstand hätte ausdrücken können.

Seine Hand an meiner Hüfte gleitet hinunter, um meine Pobacke besitzergreifend zu umfassen, und er zieht mich näher heran, bis mein Unterleib gegen seinen Schritt gepresst ist. Sein harter Schwanz ist riesig unter dem weichen Stoff seiner Hose.

„Ich möchte, dass du dich besser fühlst", murmelt er. Die Hand, die mein Haar streichelt, fährt plötzlich an der Kopfhaut entlang, packt die Strähnen fest und reißt meinen Kopf zurück. Und dann sind seine Lippen auf meinen.

Auch wenn ich nicht mehr brünstig bin, reagiert mein Körper auf Khan. Nässe sammelt sich unvermittelt zwischen meinen Schenkeln, als seine Zunge in meinen Mund gleitet und er mich wild und gekonnt küsst; immer weiter, bis sich meine Brustwarzen steif und schmerzhaft gegen das Kleid abzeichnen und mein Kitzler nach seiner Berührung verlangt. Ich kralle die Nägel in seine Schultern, stöhne auf, schiebe ein Bein über seinen Oberschenkel und reibe mich an ihm.

Er küsst mich noch immer, seine Zunge taucht ein, um anzudeuten, was sein Schwanz mit meiner Muschi anstellen wird.

Eine Gänsehaut überzieht meinen Körper, als ich meine Hüften kreisen lasse und der butterweiche Stoff seiner Hose bereits von meinem Saft glitschig ist. Mein Kitzler ist unglaublich geschwollen, und ich reibe ihn an seinem eisenharten Oberschenkel auf und ab. So sehr ich mich auch dafür schäme, mich wie eine läufige Hündin zu benehmen, kann ich mich nicht zurückhalten.

Es fühlt sich zu gut an.

Als Khans Schnurren in ein Knurren übergeht, und er mir in die Unterlippe beißt, explodiere ich. Ich komme so leidenschaftlich, dass ich Sterne hinter meinen geschlossenen Augenlidern zerspringen sehe. Ich klammere mich an ihn, als ginge es um mein Leben. Ich zittere unbeherrscht, mein Inneres krampft sich unkontrolliert zusammen, während ich seine Hose vollspritze.

Schließlich erschlaffe ich, erschöpft und ausgelaugt, zu müde, um mich dafür zu entschuldigen, dass ich seine Kleidung ruiniert habe. Stattdessen liege ich in seinen Armen, mein Herz rast, winzige Nachbeben pulsieren noch immer durch mein Inneres.

Khan küsst mich mit untypischer Zärtlichkeit auf die Stirn. Er knurrt immer noch. „Meine kleine Emma", flüstert er. „Mein."

Dann, als ob ein Schalter umgelegt worden wäre, dreht er mich auf den Rücken und setzt sich rittlings auf mich. Mein Kleid wird kurzerhand aufgerissen, um meine Brüste zu enthüllen, und sein Mund und seine Finger machen sich an ihnen zu schaffen, kneten, kneifen, ziehen und drehen die Brustwarzen, bis ich aufschreie.

Der Schmerz steigert nur meine Erregung.

Das war schon immer so.

Ich weiß nicht, wann oder wie er seinen riesigen, geschwollenen Schwanz aus der Hose befreit hat, aber als er mir einen besonders wilden Biss in die aufgerichtete Brustwarze verpasst, spüre ich einen stechenden Schmerz in meiner Muschi - und er ist in mir, bis zum Anschlag. Er füllt mich aus. Dehnt mich.

Meine Beine sind so schamlos um ihn herumgespreizt wie mein Geschlecht um seinen Schwanz. Sein hartes Becken reibt bei jedem Stoß über meine Klitoris, während er mich hemmungslos fickt.

„Mein", beteuert er, seine Stimme ist angefüllt Lust. Seine Augen sind fast dunkel vor Verlangen. „Mein. Mein. Mein." Er rezitiert es jetzt im Takt zu den herrlich schmerzhaften Bewegungen seiner Hüften, immer, wenn er sein Glied mit brutaler Präzision in meine feuchte Mitte stößt. Und ich sehne mich nach mehr. Eine riesige Hand umklammert immer noch quälerisch meine Brust, die andere liegt über meiner Stirn und drückt mich auf die Matratze. Nun bin ich nichts weiter als ein Gefäß für seinen Samen.

Obwohl er nichts tut, um mein Vergnügen zu fördern, donnert ein weiterer Orgasmus auf mich zu. Jetzt, da ich nicht länger in der Brunst bin, produziere ich keine Ströme aus Mädchensäften mehr, aber ich bin immer noch klatschnass. Mein Nektar kitzelt mich, als er an meinem Poloch heruntertropft. Ich kann jede Wölbung, jede Ader von Khans beachtlichem Schwanz spüren. Dann verändert er den Winkel leicht, sodass er gegen meinen G-Punkt stößt und Druck auf die Klitoris ausübt.

Mein ganzes Wesen zieht sich zusammen, während ich mich um ihn schließe und so heftig komme, dass ich nicht einmal weiß, woher der Orgasmus kommt. Ich weiß nur, dass das Vergnügen so intensiv ist, dass es körperlich wehtut - ein Schmerz, der sich noch verschlimmert, als sich der Knoten an der Basis seines Schwanzes bildet und das empfindliche Gewebe meiner Öffnung dehnt, als würde man mich mit der Faust bearbeiten.

Das lässt mich nur noch heftiger kommen.

Khan stößt ein Brüllen aus, das sich mit meinem Schrei vermischt und vage nehme ich wahr, dass am Rande meines Sichtfelds helle Flecken auftauchen, während ich ihn rhythmisch melke.

Er füllt mich aus, pumpt mich mit seinem Sperma voll und als die Wellen meines Orgasmus schließlich abklingen, wird die reine Lust von einem anderen Gefühl verdrängt.

Groll, so bitter wie Essig, erfüllt mich komplett, so wie es der riesige Alpha über mir gerade tut.

Das ist alles, was er in mir sieht.

Das ist alles, was er von mir will.

Das ist alles, was ich für ihn bin: ein Gefäß für seinen Schwanz. Eine leere Gebärmutter, die befruchtet werden muss. Eine Zuchtstute.

Ich will nicht hierbleiben. Ich will nicht all das verlieren, was ich je gekannt und jeden, den ich je geliebt habe. Ich will nicht zu einem wandelnden, sprechenden Paar Eierstöcken reduziert werden. Ich will nicht zusehen müssen, wie andere Frauen von der Erde entführt werden, um das gleiche Schicksal zu erleiden - oder Schlimmeres, je nachdem, welchem König sie übergeben werden.

Das Problem ist, dass ich verdammt wenig dagegen tun kann.

Meine Muschi flattert immer noch um Khans Schwanz herum, während die Tränen wieder einmal zu fließen beginnen.

ACHTZEHNTES KAPITEL

Khan

Ich bin noch dabei, mich von meinem intensiven Höhepunkt zu erholen, als ich bemerke, dass Emma wieder weint.

Ulf, hilf mir, ich weiß nicht, was ich tun soll. Ich kann es nicht ertragen, sie so traurig zu sehen und diesen Kummer durch unsere Verbindung zu spüren, macht alles nur noch schlimmer.

Ich kann auch nicht glauben, wie schnell sie vom Orgasmus zu den Tränen übergegangen ist. Ihre Stimmungen können im Handumdrehen wechseln.

Immer noch schwer atmend, versuche ich, das Pochen in meinen Lenden und in meiner Brust zu ignorieren. Ich wandle mein Knurren wieder in ein Schnurren um und küsse ihre feuchte Stirn. „Emma", flüstere ich. „Bitte."

Ich weiß nicht, worum ich bitte. Ich möchte nur, dass sie glücklich ist. Dass unsere Verbindung Freude und Lust bereitet, statt Traurigkeit und Resignation.

„Was ist, Khan?“ Sie hat aufgehört zu schluchzen, was wohl auf mein Schnurren zurückzuführen ist. Sie blinzelt, und aus ihren großen blauen Augen sickern noch mehr Tränen, wenn sie das tut. Aber sie scheint nicht mehr zu weinen. Stattdessen blickt sie zu mir auf und sieht mir so direkt in die Augen wie nie zuvor. Ich frage mich, was sie dort zu finden hofft.

„Ich hasse es, dich traurig zu sehen“, gebe ich zu, obwohl es mich schmerzt, mit jemandem über meine Gefühle zu sprechen, vor allem mit einer Frau. „Sag mir, was du brauchst.“

Ihr Blick ist offen. Suchend. Und doch kann ich ihre Gedanken nicht entziffern. Einen langen Moment halte ich den Atem an, ertrinke fast in ihrer Schönheit. Mein Schwanz wird in ihr weich, die glitschige Wärme meines Samens und ihr Honig überziehen die Stelle, an der wir miteinander verbunden sind.

Einen Moment lang frage ich mich, ob heute der Tag ist, an dem meine Saat aufgehen wird, dann zwinge ich mich, mich zu konzentrieren. Jetzt ist nicht die Zeit, um über die Befruchtung meiner Omega zu fantasieren.

„Zunächst einmal musst du von mir runter“, sagt sie sachlich.

Als ich mich von ihr löste und mich neben ihr niederlasse, frage ich mich, ob sie mich demütigen will. Ulf weiß, dass ich mich in diesem Moment genau so fühle. Gedemütigt. Meine Gefährtin - meine Königin - hat mir gerade einen Befehl gegeben, und ich habe gehorcht.

Wie ein Sklave.

Ich bin ein Alpha. Ein Ulfarri. Ein Brutaler. Ich bin kein Sklave.

Was hat es mit diesem kleinen rosa-goldenen Mee-Nschen auf sich, das mich so fasziniert? Ich war auf der Suche nach einer Omega, um sie zu schwängern, einem

Weibchen, mit dem ich weitere Alphas und Omegas in die Welt setzen kann.

Ich hatte nicht vor, mich so sehr um sie zu sorgen. Und doch tue ich es. Um ihre Traurigkeit, ihr Glück, ihre Hoffnungen und Träume.

Sie bedeutet mir so viel.

Diese Erkenntnis ist ein solcher Schock, dass ich mich zwingen muss, meine Aufmerksamkeit auf das zu lenken, was sie sagt. Sie hat eine süße, weiche Stimme, auch wenn der Übersetzerchip ihr einen seltsamen Akzent verleiht, wenn sie Ulfarri spricht. Es ist liebenswert.

„...deshalb wollte ich mehr vom Leben“, bringt sie vor. „Es gibt sowieso schon genug Menschen auf der Welt. Na ja“, fügt sie etwas verärgert hinzu, „auf der Erde auf jeden Fall. Ich habe mein ganzes Leben lang darauf hingearbeitet, mich von diesen Erwartungen zu befreien. Ich habe in England so hart gearbeitet, dass ich einen gesponsorten Job in Virginia bekommen habe, um Himmels willen! In meinem Alter! Und jetzt stelle ich fest, dass all diese Bemühungen umsonst waren. Das Versprechen an mich selbst war umsonst ...“

„Welches Versprechen?“ Ich habe den ersten Teil von dem, was sie geredet hat, nicht verstanden und habe Mühe, ihr zu folgen.

Sie dreht ihren Kopf und sieht mich an. „Das, was ich gerade erwähnt habe. Dass ich niemals als Heimchen am Herd enden will. Dass ich niemals meine Träume aufgeben würde, nur um Kinder aufzuziehen. Meine Mutter hat es getan, ihre Schwester, meine Großmutter, meine Schwester ... Ich wollte diesen Weg nicht einschlagen.“

Langsam begreife ich, was sie sagt. „Du wünschst dir keine Kinder?“ Ich kann die Ungläubigkeit in meinem Tonfall nicht verbergen.

„Nein! Das tue ich nicht! Habe ich nie und werde ich nie.“

Sie klingt so entschlossen. Jedes Wort ist ein Stich in meiner Brust.

„Die Weibchen auf der Erde können diese Entscheidung treffen? Die Männchen ..."

„Die Männchen können den Weibchen nicht vorschreiben, ob sie sich fortpflanzen sollen oder nicht, nein. Eigentlich ist dafür von Anfang an die Frau zuständig. Schließlich sind wir diejenigen, die die Schwangerschaft, die Wehen und die Entbindung durchmachen. Wir sind diejenigen, die den größten Teil der Kinderbetreuung übernehmen und in den meisten Fällen noch arbeiten gehen - entweder, weil wir es wollen, oder weil ein einziges Einkommen nicht ausreicht, oder weil sich der Vater aus dem Staub macht." Sie stößt einen verächtlichen Seufzer aus.

„Aus dem Staub?" Die Übersetzungssoftware ist gut, aber sie ist nicht fehlerfrei. Ich bin sicher, sie meint nicht das, was ich gerade gehört habe.

„Ja. Sie türmen. Verschwinden. Lassen die Mutter und ihre Kinder im Stich."

Ich kann meinen Ohren kaum trauen. „Verschwinden? Um zu kämpfen?"

Emma lacht bitter auf. „Kämpfen? Gott, nein! Normalerweise gehen sie weg, um jemand anderen zu vögeln. Oder sie sind gelangweilt. Oder sie haben beschlossen, dass das Leben ohne Babykotze, schmutzige Windeln und endlose Verantwortung mehr Spaß macht ..."

„Das würde auf Ulfaria nie passieren."

Sie zieht eine schmale, dunkelgoldene Augenbraue hoch. „Nein? Ich meine, ich kann mir nicht vorstellen, dass ein Alpha eine Omega verlässt, da sie so selten sind, aber bei den Betas tun sie es sicher?"

Ich schüttele den Kopf. „Alle Nachkommen sind wertvoll, unabhängig von ihrem Stand. Kein Ulfarri-Mann würde jemals seine Familie im Stich lassen, wenn er das Glück hat, eine zu haben."

„Hm." Sie blinzelt, einen Moment lang in Gedanken versunken. „Das respektiere ich."

Eine schreckliche Erkenntnis kommt mir in den Sinn. „Wie kann man es verhindern? Wenn man sich nicht fortpflanzen will?" Ich wusste, dass sie keine Jungfrau mehr war, aber obwohl ich es vorziehe, nicht an die Männer zu denken, die vor mir da waren, ist meine Neugier bei diesem speziellen Thema geweckt.

„Es gibt verschiedene Methoden. Die Pille. Kondome. Spiralen. Implantate. Sogar Operationen."

„Chirurgische Eingriffe? Mee-Nschen unterziehen sich medizinischen Eingriffen, um eine Schwangerschaft zu verhindern?"

„Ja. Obwohl die meisten Ärzte das nur machen, wenn man entweder älter ist oder schon ein Kind hat - oder drei."

Plötzliche Panik packt mich mit eiserner Faust und meine Kehle ist wie zugeschnürt. „Emma ...", schaffe ich es zu sagen.

Wieder ein bitteres Lachen. „Ich bin erst siebenundzwanzig. Nein, Khan, ich habe keine Hysterektomie gehabt."

Ich weiß nicht, was dieses Wort bedeutet, doch ich nehme an, dass sie das Sterilisationsverfahren meint. „Und die anderen Prozeduren? Wendest du eine davon an?" Ich merke, dass ich den Atem anhalte.

„Ich habe die Pille genommen." Ihr Ton hat sich von sachlich zu verzweifelt verändert. „Aber ich habe sie vor ein paar Monaten abgesetzt. Die hormonellen Methoden haben mir nie gefallen."

„Also ..."

„Ja, Khan, das heißt, dass ich Kinder bekommen kann. Nur - und das ist sehr, sehr wichtig -, es bedeutet nicht, dass ich es *will*."

Es fühlt sich an, als läge ein schwerer Stein in meiner

Magengrube. Ich wusste, dass Emma traurig war, weil sie ihr Zuhause vermisste. Ihre Familie. Die Erde. Es wäre mir nie, nie, nie in den Sinn gekommen, dass sie - oder irgendeine Frau - die Mutterschaft aktiv verurteilen und vermeiden würde. Dieses Konzept ist mir so fremd wie die *Karamellkaffees*, die sie manchmal mit einem wehmütigen Ausdruck in ihrem hübschen Gesicht erwähnt. „Warum nicht?", krächze ich und fürchte mich vor der Antwort.

Das wäre alles so viel einfacher, wenn ich sie nur als Körper sehen könnte. Ein Gefäß, das ich schwängern kann, ohne mich um ihre Gefühle zu kümmern. Aber sie ist meine Seelenverwandte. Ich kann es nicht ertragen, dass sie unglücklich ist.

Und jetzt stelle ich fest, dass mein größter Wunsch ihr schlimmster Albtraum ist.

„Aus all den Gründen, die ich gerade genannt habe!", sagt sie ungeduldig. „Ich wollte frei sein, um mich auf meine Karriere zu konzentrieren!"

„Das erscheint mir egoistisch", sage ich, fast zu mir selbst. Zu meinem absoluten Erstaunen landet ihre kleine Faust direkt auf meiner Schulter. Es tut nicht im Geringsten weh, aber das mindert meinen Schock nicht.

„So typisch!" Emma hat ihre Stimme wieder erhoben. Die Wut in unserer Verbindung ist unbändig. „Eine verdammt typische männliche Reaktion! Jede Frau, die sich gegen Kinder entscheidet, ist eine egoistische, unansehnliche, unerwünschte Katzenlady, oder?"

Ich weiß nicht, was die Hälfte dieser Dinge bedeuten, doch ich schüttle den Kopf, verblüfft von ihrer Vehemenz.

„Das ist absolut nicht egoistisch!", fährt sie fort, rutscht vom Bett und beginnt zu laufen. Die ramponierten Träger des hauchdünnen Kleides, das ich in meiner Eile zerrissen habe, um an ihre schönen Brüste zu gelangen, flattern um sie herum. Aber sie scheint nicht einmal zu bemerken, dass sie im Grunde nackt ist. „Es gibt Kinder, die jeden Tag an Hunger sterben! An vermeidbaren Krankheiten! Misshandlungen! Ich sehe keinen jener Wichtigtuer, die *mich* für *meine* Entscheidungen verurteilen, die Hand heben, um eines dieser Kinder bei sich aufzunehmen. Und solange sie das nicht tun, haben sie nicht das Recht, mir zu sagen, dass ich keine Frau bin, wenn ich mich nicht fortpflanzen will!"

Ihre Aufregung ist deutlich spürbar. Zweifellos liegt ihr dieses Thema sehr am Herzen, und mein erster Instinkt - trotz des Schocks über ihr Geständnis - ist wieder einmal, sie zu trösten.

Irgendwann während dieses Gesprächs muss ich aufgehört haben zu schnurren, aber ich weiß nicht, wann. Ich atme tief ein und fange erneut an.

Emma hält sich mit den Händen die Ohren zu. „Hör auf damit!", schreit sie. „Hör auf, mich zu verarschen! Jedes Mal, wenn ich etwas sage oder tue, was dir nicht gefällt, schnurrst du, wohl wissend, dass es wie ein Beruhigungsmittel wirkt. *Sie ruhig halten, damit sie nicht protestiert*? Mein Gott!"

Zum zweiten Mal an einem Abend hat mich ihr Ausbruch sprachlos gemacht. Alles, was ich noch tun kann, ist auf dem Bett zu liegen, während meine Gedanken rasen. „Ich versuche nicht, dich zum Schweigen zu bringen." Ich will den Schmerz aus meinem Tonfall heraushalten, doch ich weiß nicht, ob es mir gelungen ist. „Ich versuche, dich zu trösten."

„Ach, hör auf! Ich brauche deinen Trost nicht! Ich will nur, dass du mir zuhörst!"

„Ich höre dir zu!"

Emma atmet tief ein, hebt ihr Kinn und kommt auf mich zu. Ihr Honigduft kitzelt meine Nase, aber ausnahmsweise schießt mir kein Blut in die Leistengegend. Sie setzt sich vorsichtig auf die Seite des Bettes. „Es tut mir leid. Ja, du hörst zu. Du hast mich auch gefragt, was ich will."

Ich weiß, was sie sagen wird, und plötzlich legt sich ein Stahlband um meine Brust.

Das Atmen fällt mir schwer. Keine Wunde, die ich je im Kampf erlitten habe, war so qualvoll.

Sie spricht die Worte trotzdem aus. „Khan, ich möchte zur Erde zurückkehren. Ich will ein Versprechen von dir - oder von König Aurus -, dass keine menschlichen Frauen entführt und hierhergebracht werden, um in Omegas verwandelt zu werden. Und ich will mich nicht fortpflanzen."

Jetzt bin ich an der Reihe und atme tief durch. Unerwarteterweise hat die Tatsache, dass ich sie die Worte habe sagen hören, das Mitleid in meinem Herzen zerstört und nun fühle ich nichts als kalte Entschlossenheit.

Ich setze mich auf, drehe mich um und schaue in ihr zartes kleines Gesicht, dann strecke ich die Hand aus und streichle ihre weiche Wange. Ich spreche so langsam und bedächtig, wie sie es gerade getan hat. „Ich bin Khan, der König der Wanderer, Herrscher über Altrim, und ich bekomme, was ich will. Mein ganzes Leben lang habe ich nach einer Omega gesucht, und jetzt habe ich eine aufgetan. Ich habe einen Weg gefunden, weitere Generationen von Ulfarri-Alphas und -Omegas zu erschaffen. Ich beabsichtige, diesen Prozess mit meiner Gefährtin zu beginnen. Und niemand wird sich mir in den Weg stellen. Nicht einmal du."

NEUNZEHNTES KAPITEL

Emma

Ich habe jegliches Zeitgefühlverloren. Ich weiß nicht mehr, wie lange ich schon hier bin - ein Tag geht in den nächsten über, dann in den nächsten. Und wer weiß, ob die Tage auf Ulfarri genauso lang sind wie die auf der Erde?

Irgendetwas in Khan ist zerbrochen, als ich ihm offenbarte, dass ich seine Kinder nicht haben wollte. Es war fast greifbar, ein scharfer Schmerz, den ich körperlich gespürt habe. Es ist, als gäbe es diese unsichtbare Verbindung, die uns miteinander verknüpft, und ich kann wahrnehmen, was er empfindet - nicht so stark, aber ich kann es spüren. Er nennt es *das Band* und hat mir erklärt, er fühle es auch. Wir haben es, weil wir Seelenverwandte sind. Ich hasse es. Meine Gefühle sind irgendwie ständig durch seine verwirrt.

Als ich also sagte, dass ich keine Kinder will, niemals, war die Traurigkeit so groß, dass ich sie fast schmecken konnte. Ich war verblüfft. Ich dachte, meine Ansichten wären von

Anfang an klar gewesen. Nur weil das Serum mich in die Brunft zwingt, und ich mich nach Sex mit Khan sehne wie nach Luft zum Atmen, heißt das nicht, dass ich Nachfahren zeugen möchte. Ich will nur, dass der nagende Schmerz in meinem Geschlecht gelindert wird.

Seither ist Khan anders geworden. Distanzierter. Weniger fürsorglich. Er spricht immer noch mit mir, fickt mich, schnurrt für mich ... doch es ist, als ob eine unsichtbare Mauer errichtet wurde. Und ich habe jetzt viel mehr Zeit für mich.

Die meiste davon verbringe ich damit, wie wild zu malen, um meinen Geist zu beruhigen und aus meinem eigenen Gedankenkarussell auszusteigen. Ich male Tiere von der Erde, Vögel, Landschaften ... Aber ich traue mich nicht, jemanden zu malen, der mir etwas bedeutet. Auch wenn uns noch keine Nachricht über das vorzeitige Ableben des unheimlichen Steinkönigs erreicht hat, möchte ich nicht riskieren, jemandem wehzutun. Ich schätze, das ist meine eigene Art von Aberglauben, seit Deva angefangen hat, jedes Lebewesen, das sie auf Ulfaria haben, mit kindlicher Begeisterung zu malen. Der Gedanke bringt mich zum Lächeln. Wenigstens habe ich eine Person glücklich gemacht.

Ich bin gerade dabei, einem Bild von einem Kolibri, so weit meine Erinnerung reicht, den letzten Schliff zu geben, als ich Khans Anwesenheit hinter mir spüre. Meine Nasenflügel blähen sich auf, als sein rauchiger Schokoladenduft den Raum erfüllt und zwischen meinen Schenkeln wird es sofort nass.

Scheiße. Allein durch seinen Duft so erregt zu sein, kann nur eines bedeuten: Ich bin wieder in der Brunst.

Ohne ein Wort, ohne Vorrede schiebt er den Saum meines Kleides bis zur Taille hoch, beugt mich vor und schiebt seinen riesigen Schwanz mit einem heftigen Stoß in mich.

Er knurrt, und obwohl es kein Vorspiel, keine Vorwarnung, nicht einmal ein freundliches Wort gab, versteifen sich meine Brustwarzen schmerzhaft gegen den dünnen Stoff meines Gewands. Ich unterdrücke ein Stöhnen, als ich gedehnt werde und gezwungen bin, mich seinem beträchtlichen Umfang anzupassen.

Er wickelt mein Haar um seine Faust, so nahe an meiner Schädelbasis, dass sich mein Rücken wölbt. Er beginnt, mich mit langen, bedächtigen Stößen zu ficken.

Das Kribbeln zwischen meinen Beinen ist bereits intensiv, doch ich kämpfe dagegen an. Ich habe akzeptiert, wie mein Körper auf ihn reagiert, wie er meinen Verstand und meinen Willen außer Kraft setzt - und das seit dem ersten Tag, an dem ich Khan kennengelernt habe. Aber er hat es mir leicht gemacht, weil er sich um mein Vergnügen zu kümmern schien. Um mich.

Jetzt tut er nicht einmal mehr so, als ob, und das macht mich wütend. Ich will ihm nicht die Genugtuung schenken, dass ich komme. Oder einen einzigen Laut von mir gebe. Oder die kleinste Andeutung mache, dass ich das hier genieße. Ich kann ihn nicht davon abhalten, mich zu ficken, vor allem nicht, wenn er in der Brunst ist, nur kann ich meine Reaktion darauf kontrollieren.

Das hoffe ich zumindest.

Mein Körper scheint jedoch unterschiedliche Vorstellungen zu haben. Schon jetzt zieht sich dieses vertraute Gefühl in meinem Inneren zusammen, ein sicheres Zeichen dafür, dass ich kurz davor bin zu kommen. Ich liebe zwar erzwungene - und verweigerte - Orgasmen bei BDSM-Spielen, aber das hier ist etwas ganz anderes. Ich beiße mir fest auf die Unterlippe, um mich abzulenken.

Khans freie Hand greift herum und beginnt, meine Brustwarze durch den durchsichtigen Stoff meines Kleides zu zwirbeln.

Ich beiße mir noch fester auf die Lippe, als die Lust von meiner Brust direkt in meine Leistengegend schießt.

Verdammtes Scheißserum.

Mein letzter Dom liebte es, mir Orgasmen zu verweigern, hielt mich gefühlt ewig auf Trab und drohte mir die schlimmsten Strafen an, wenn ich ohne seine ausdrückliche Erlaubnis kam. Jetzt bin ich dankbar für diese Praxis, denn ich bin gezwungen, jedes bisschen davon zu nutzen.

Es funktioniert auch, bis ich Khans warmen Atem an meinem Ohr spüre und er ein einziges Wort knurrt:

„Komm."

Meine Muschi - die Verräterin, die sie ist - gehorcht sofort. Ob das an dem seltsamen Bann liegt, den Khan auf mich ausübt, oder daran, dass ich sexuell unterwürfig bin, weiß ich nicht. Es ist mir eigentlich egal. Alles, was zählt, ist, dass ich um seinen Schwanz herum explodiere und so heftig komme, dass es weh tut - ein exquisiter, zehenverrenkender Schmerz -, und ich beiße mir fast die ganze Zeit auf die Lippe, um meinen Orgasmus vor dem zu verbergen, der ihn verursacht.

Verfluchter Mistkerl.

Das rhythmische Zucken meiner Muschi um seinen Schwanz bringt auch Khan in Wallung, und ich kann einen Aufschrei nicht unterdrücken, als sich sein Knoten ausdehnt, mich an ihn bindet und dafür sorgt, dass ich nirgendwo hingehen kann, während er mich bis zum Rand mit dickem, heißem Sperma füllt.

Genau wie mein Saft sollte die Menge, die er bei jedem Höhepunkt produziert, eine physische Unmöglichkeit sein, unabhängig davon, ob er es in mich hineinschießt oder mich damit bedeckt, um mich als sein Eigentum zu kennzeichnen. Es läuft bereits um den Knoten herum aus und tropft an den Innenseiten meiner Oberschenkel herunter, bevor er überhaupt aufgehört hat, in mir zu pochen.

Schließlich ist der Knoten so weit aufgeweicht, dass er sich herausziehen kann. Ich halte den Atem an und frage mich, was er als Nächstes tun wird.

„Emma." Seine Stimme jagt mir einen Schauer über den Rücken, und ich wehre mich nicht, als er mich zu sich dreht und in seine Umarmung zieht. Seine kräftigen Arme umschlingen mich, drücken mich an seine massive Brust und sein Atem wispert über meinen Scheitel.

Bitte schnurre jetzt nicht, flehe ich ihn stumm an. Ich könnte es nicht ertragen.

„Ich möchte, dass wir reden", sagt er. „Ich will nicht streiten."

„Du hast mich gerade gevögelt, als wäre ich ein Tier, das du besteigen kannst", stoße ich hitzig hervor. „Und nun willst du reden?"

„Ich bin in der Brunst. Ich kann keine klaren Gedanken fassen, wenn ich hart bin."

Exakt die Ausrede, die von menschlichen Männern seit Anbeginn der Zeit benutzt wird, denke ich ironisch, aber stattdessen schnaufe ich einfach nur. So wütend und müde ich auch bin, seine Arme trösten mich. Das tun sie immer.

Verdammt noch mal. „Ich will nicht reden."

„Dann kannst du zuhören." Er hebt mich mühelos hoch, schreitet zu einer nahegelegenen Liege, setzt sich hin und lässt mich auf seinem Schoß Platz nehmen.

Die Innenseiten meiner Schenkel sind klebrig von getrocknetem Sperma und weiblichen Säften. *Zerschundenes Baby,* geht es mir durch den Kopf, und ich muss plötzlich den Drang zum Weinen niederkämpfen.

„Ich möchte, dass du verstehst, warum es für mich so wichtig ist, mich fortzupflanzen", fährt er fort.

„Das ist mir egal", murmle ich.

„Das glaube ich nicht."

„Es ist mir egal, was du glaubst." Jetzt klinge ich bockig,

aber scheiß drauf. Ich bin es leid, mich machtlos zu fühlen. Die Kontrolle über einige Aspekte meines Lebens an einen vertrauenswürdigen Dom innerhalb vereinbarter, festgelegter Grenzen und mit einem Safeword abzugeben, ist eine Sache. Das hier ist eine ganz andere. Ich habe über *nichts* die Kontrolle. Wo ich wohne. Wohin ich gehe. Mit wem ich mich umgebe. Was ich esse. Was ich anziehe. Wann ich Sex habe, verdammt noch mal. Und jetzt muss ich reden, obwohl ich doch nur wieder malen will.

Khans Griff um mich wird fester, als hätte er meine Gedanken gehört und wollte sie bestätigen. Gott, das ist alles so ungerecht.

„Es gibt noch so vieles, was du nicht über Ulfaria weißt", erklärt er. „Und du wirst es mit der Zeit lernen, aber einer der wichtigsten Aspekte ist unsere Geschichte. Ulfarri sind eine kriegerische Spezies. Dieser Planet ist reich an Ressourcen und andere haben seit Anbeginn der Zeit versucht, ihn zu erobern - *uns* zu erobern. Um unsere Lebensweise und unseren Planeten zu bewahren, um die Betas zu schützen, um *zu überleben,* mussten wir eine ausreichend große Armee von Alpha-Soldaten unterhalten. Diese Armee schrumpft jetzt."

Ich denke an die Reihen von Alphas mit goldenen Rüstungen, die vor dem Goldenen Palast stehen und schnaube. „Als wir ankamen, sah es nicht so aus."

„Diejenigen, die du gesehen hast, sind die letzte Generation. Alphas werden so selten in Beta/Beta-Paaren geboren, dass wir im Falle eines Angriffs in ein paar Sonnen keine ausreichende Verteidigung mehr werden aufstellen können - es sei denn, wir schaffen es, die Armeen, die wir jetzt haben, wieder aufzufüllen. Wir brauchen Alpha-Babys. Viele, viele von ihnen. Und dafür benötigen wir Omegas."

Ich schweige einen Moment lang und nehme seine Worte in mich auf. Es ergibt Sinn. Aber ich sehe immer noch nicht ein, warum ich diejenige sein sollte, die all diese Verantwortung trägt. Ich könnte auch keine ganze Alpha-Armee gebären, selbst wenn ich die babyverrückteste Frau der Welt wäre.

„Omegas bringen aber nicht nur starke Alphas zur Welt, sondern haben auch andere Qualitäten, die Altrim und Ulfaria schmerzlich vermissen, da sie im Grunde ausgestorben sind."

„Wie zum Beispiel?" Ich kann mir die Frage nicht verkneifen.

„Sie sind sanft. Freundlich. Umsorgend. Sie sind in der Lage, Alphas auf eine Weise zu besänftigen und zu beruhigen, wie es Betas nicht können."

„Indem sie die Beine breitmachen?", schnaube ich.

Falls Khan ungeduldig angesichts meines Benehmens wird, zeigt er es nicht. Dafür muss ich ihn bewundern. „Es stimmt zwar, dass nur Omegas die Brunst auslösen können - und sie fast gänzlich stillen können", sagt er mit einem reumütigen Lächeln, „aber das habe ich nicht gemeint. Beta-Weibchen können Alphas nicht so beruhigen wie Omegas."

Ich denke daran, wie ich reagiere, wenn er für mich schnurrt. Wie wohltuend das ist. Besser als jedes Valium, jede Ölmassage, jedes Schaumbad. „Wie?"

„Sie summen. Meine Mutter hat mir immer vorgesungen. Schlaflieder."

Er hat nie über seine Eltern - oder seine Familie im Allgemeinen - gesprochen. Ich habe ihn nicht gefragt. Ich dachte, er würde mir darüber erzählen, wenn er es wollte. Ich bleibe still und höre zu.

„Meine Mutter war eine der letzten Omegas." Jetzt hört er sich wehmütig, fast melancholisch an. Ich habe diese Seite von ihm noch nie gesehen. Es ist bizarr, diesen riesigen Krieger mit dem Gesichtsausdruck eines kleinen Jungen zu sehen. Er klingt auch beinah wie ein solcher. Vor meinem geistigen Auge taucht plötzlich und unerwartet das Bild eines kleinen Jungen auf, der ihm ähnlich sieht - unser Sohn. Ich verdränge es schnell. „Sie hat mich spät geboren, nach vielen, vielen Versuchen. Nach einer Menge gescheiterten Schwangerschaften."

Ich spüre einen Anflug von Mitgefühl. Ein Kind zu verlieren ist eines der schrecklichsten Dinge, die eine Frau durchmachen kann - das weiß sogar ich. Und eine Omega zu sein, mit so viel Bedeutsamkeit für die Fortpflanzung - dieser Druck muss die Trauer noch verschlimmert haben ... Ich kann mir nicht vorstellen, das ein Mal durchzumachen, geschweige denn mehrere Male. „Ich nehme an, dein Vater war ein Alpha?"

„Natürlich. Beta-Männchen können sich nicht mit Omegas paaren. Also ja, mein Vater war ein Alpha. Einer der besten." Der Stolz in seinem Ton ist unüberhörbar. „Er wurde bei der Verteidigung von Altrim gegen eine besonders wilde Rasse, die wir die Chitin nennen, getötet. Ich war noch nicht wirklich erwachsen, aber wenigstens war ich auch kein Kind mehr, als das geschah."

„Und deine Mutter?" Ich habe fast Angst zu fragen.

„Eine Krankheit holte sie, als ich noch jung war. Ich hatte kaum die Reife erlangt, als ich die Rolle des Königs übernehmen musste."

So viel Last auf jungen Schultern - wenngleich es breite Alpha-Schultern sind. Ich kann nicht anders und streiche ihm über die Wange. Seine Bartstoppeln sind rau unter meinen Fingerkuppen. Er blickt auf mich herab, und seine Augen sind voller Zärtlichkeit. „Es tut mir leid", flüstere ich.

Er ergreift meine Hand und hält sie behutsam. „Freundlich, mitfühlend und sanftmütig: eine wahre Omega", murmelt er. „Und ich glaube nicht, dass das Serum dafür verantwortlich ist. Ich bin mir sicher, du warst schon immer so. Du hattest immer diese Eigenschaften."

„Wo ich herkomme, sind das keine seltenen Eigenschaften“, erwidere ich. „Ich meine, es gibt auch egoistische, gefühllose Arschlöcher, doch ich würde sagen, es ist eine ziemlich gleichmäßige Verteilung.“

„Wie dem auch sei. Du bist etwas Besonderes, Emma. Ich sehe einige Charakterzüge meiner Mutter in dir.“

Nicht gerade ein Satz, den die meisten Frauen hören wollen, aber ich weiß, wie er es meint, und ich bin gerührter, als ich zugeben möchte. „Danke.“ Plötzlich habe ich einen Kloß im Hals. Vielleicht macht er sich wirklich Sorgen. Vielleicht ist er zu mehr Gefühl fähig, als ich anfangs vermutet habe.

Das ändert jedoch nichts an der Tatsache, dass ich nicht aus freien Stücken hier bin. Nichts, keine netten Worte, kein guter Sex und kein Schnurren werden daran etwas ändern. Niemals.

* * *

Khan

Emma schläft zusammengerollt zu einer Kugel. Sie ist dünner geworden, sie hat kaum noch gegessen, weil sie angeblich das Essen der Ulfarri nicht verträgt. Sie ist verzweifelt und ängstlich. Nicht einmal das Malen scheint sie noch zu interessieren. Ihre Unzufriedenheit pocht in unserem Band. Ich halte sie fest, bis sie einschläft, aber dann stehe ich unruhig auf.

Selbst nach unserem Gespräch neulich, bei dem ich dachte, ich hätte ihr klar gemacht, wie wichtig Omegas für unser Überleben sind, sagt sie, dass sie ihr Leben hier nicht akzeptieren kann und wird.

Und so habe ich mich auf einem Schemel in meinem

Privatquartier niedergelassen, in einem Raum, der von Emma abgeschottet ist, aber trotzdem nahe genug, um ihr Schluchzen zu hören. Ihr Kummer ist immer bei mir, ein dumpfer Schmerz in meinem Herzen. So kann es nicht weitergehen.

Es gibt nur eine Lösung.

Ich sitze da, die Muskeln sind angespannt, bis die Kugel vor mir in goldenem Licht erstrahlt. Es ist König Aurus, der auf mein Rufen antwortet.

„Khan?", sagt Aurus mit grollender Stimme. Er klingt überrascht.

„Aurus. Du musst mir einen Gefallen tun", entgegnete ich grob.

Es entsteht eine Pause. Aurus kennt mich gut. Es fällt mir nicht leicht, um Hilfe zu bitten. Aurus würde dies als Schwäche auslegen, und ein Alpha würde niemals bereitwillig einem Rivalen gegenüber Blöße zeigen. Und alle Könige sind Rivalen, auch wenn wir Verbündete sind. Der Waffenstillstand zwischen uns ist brüchig.

„Frag." Aurus lässt es wie einen Befehl klingen. Er kann nicht anders.

„Ich möchte, dass eure Magier ein Portal erschaffen, damit ich meine Omega auf ihren Heimatplaneten zurückbringen kann."

„Deine Omega zurückbringen?" Unglauben schwingt in seinem Tonfall mit. „Gefällt sie dir nicht?"

„Sie möchte nach Hause zurückkehren", erwidere ich schlicht.

Wieder herrscht Stille. „Ich werde meine Magier anweisen, das zu untersuchen", sagt er. „Sie versuchen, ein Portal zu erschaffen, um Mee-Nschen zu beschwören. Es ist sicher möglich, einen zurückzubringen."

Das ist die Antwort, die ich brauche - die ich allerdings nur ungern höre. „Danke."

Aurus scheint nicht zu wissen, was er dazu sagen soll. Ich sitze schweigend auf dem Schemel und warte darauf, dass er über die Fragen nachdenkt, die er stellen will. Er muss wissen, warum ich meine Emma aufgeben würde.

„Die anderen Könige werden es nicht gut finden, wenn du vor ihnen eine zweite Omega bekommst", sagt er schließlich.

„Es gibt keinen Grund zur Eifersucht. Ich werde keine zweite Omega nehmen."

„Nein?" Für Aurus und jeden anderen König ist dieser Gedanke unvorstellbar.

„Nein." Emma ist die Einzige für mich. Ich kann es kaum glauben, selbst als die Worte über meine Lippen kommen, aber es ist die Wahrheit. Sie ist meine Seelenverwandte. Ich begehre sie mehr als alles andere - sogar mehr, als ich mir einen Erben wünsche.

Wieder herrscht ein langes Schweigen. Aurus ist ausnahmsweise einmal sprachlos. Es bedurfte einer Omega und des Opfers eines Königs, um dies zu erreichen.

„Du hast uns ein großes Geschenk gemacht", sagt er schließlich in hoheitsvollem Ton. Mein kleines Lächeln kann er nicht sehen. Von allen Königen bin ich derjenige, der Omegas für unseren Planeten gefunden hat. Vielleicht liegt es daran, dass ich als Sohn einer solchen geboren wurde. Meine Mutter gehörte zur letzten Generation ihrer Art.

Nun werden Alphas in seltenen Fällen von Beta/Beta-Paaren zur Welt gebracht. Aurus wurde als Sohn eines solchen Paares geboren und schon in jungen Jahren von zu Hause weggeholt, um in den Reihen der Alphasoldaten zu leben und aufzusteigen. Er hat nie die Zärtlichkeit einer Omega-Mutter kennengelernt, wie ich es getan habe.

Ich erinnere mich noch an den Duft meiner Mutter. Ich höre ihre gesummten Lieder spät in der Nacht. Vielleicht ist das der Grund, weshalb ich nie aufgehört habe, nach dem zu suchen, was unser Planet verloren hat.

Und jetzt, obwohl ich Emma gefunden habe, muss ich sie aufgeben. Ihr Leben ist mein Leben. Ihr Glück ist mein Glück.

„Ich hoffe, dass ich einmal eine so schöne Omega wie die deine besitzen werde."

Er glaubt, dass er seine Omega besitzen wird, doch in Wirklichkeit wird sie ihn besitzen. Sie wird sein Leben auf den Kopf stellen. Ich kann es kaum erwarten.

„Emma ist wunderschön. Aber sie ist auch eigensinnig. Sie ist verärgert, dass wir mehr Mee-Nschen-Frauen nehmen", erkläre ich ihm.

„Es ist nicht zu ändern", sagt Aurus, und sein Ton wird grimmig. „Wenn die Alphas aussterben ..."

„Ich weiß." Ich verstehe das. Das Überleben unseres Planeten hängt von unserer größten, stärksten Dynamik ab. Und wenn es nur noch Beta/Beta-Paare gibt, werden Alphas noch seltener werden.

Ich kann nicht verhindern, dass noch mehr Frauen von Mee-Nschen entführt werden. Aber ich werde alles tun, was ich kann, um meine Omega glücklich zu sehen. Selbst wenn das bedeutet, dass ich alles aufgeben muss, was ich je wollte.

ZWANZIGSTES KAPITEL

Emma

Wir sind wieder auf Khans Raumschiff. Khan ist ruhig. Ich sitze auf seinem Schoß, weil er sich weigert, mich loszulassen.

Ich habe nicht gefragt, was los war, als er mich in seine Arme nahm und aus dem Nest trug. Es war mir egal. Mein Kopf pocht, als würde man mir winzige Eispickel in die Schläfe rammen und mein Mund ist trocken. Vermutlich liegt es an der Brunst. Ich fühle mich, als wäre ich in einer, seit ich Khan kenne. Vielleicht ist dem auch so, obwohl Khan schwört, dass die Brunst nur ein paar Tage am Stück andauert. Oder ich muss mich noch an den Planeten gewöhnen. An die neue Umgebung. An mein beschissenes neues Leben.

Aber nicht alles ist schrecklich. Altrim ist wunderschön. Und Khan ist ... kompliziert. Ich beobachte ihn aus dem Augenwinkel. Seine Züge sind ruhig, düster. Fast nachdenklich. Das Band zwischen uns ist wie ein Bleigewicht, das puren Schmerz ausstrahlt. Vor einem Tag war das noch nicht so. Die Qual ist in den letzten Stunden gewachsen und hat unsere Verbindung ausgefüllt, bis ich Angst hatte, sie zu erforschen. Wie bei einem faulen Zahn.

Ich widerstehe dem Drang, mir die Brust zu reiben oder Khan weiter anzuschauen. Stattdessen starre ich aus dem großen Fenster. Die meiste Zeit der Reise ist die Landschaft an mir vorbeigezogen, aber als das Schiff langsamer wird, bemerke ich, dass draußen ein vertrauter goldener Schimmer herrscht.

Ein Anflug von Beklemmung lässt mich auf Khans Knien hin und her rutschen.

„Hat Aurus ein neues Konzil der Könige einberufen? Gehen wir da hin?“ Ich unterbreche das Schweigen. Meine Hände liegen starr in meinem Schoß, die Nägel bohren sich in die Handflächen. Ich habe keine Lust auf eine weitere schreckliche Sitzung, in der die Alphakönige über das Schicksal der menschlichen Frauen diskutieren.

Khan streichelt mein Haar. Er spürt meine Nervosität, doch er schnurrt nicht. Das allein macht mich noch nervöser. Aber vielleicht hört er auch nur auf meine Bitte, nicht immer zu schnurren, wenn ich in Not bin.

„Nein. Es gibt keine Ratssitzung“, sagt er schlicht.

Warum kehren wir dann zum goldenen Palast zurück? Aurus' prächtiges Gebäude schimmert in der Ferne. Die Sonne geht gerade unter, im sanften Licht ist der gold-weiße Bau jedoch nicht weniger atemberaubend. Diesmal sind keine Alphasoldaten auf der goldenen Straße aufgereiht. Es gibt überhaupt kein Anzeichen von Leben. Hoch am Himmel erhebt sich die Gruppe von fünf Monden, deren Umrisse von einem zum anderen immer schwächer werden.

Das Schiff fliegt auf den Goldenen Palast zu und hält schwebend in der Nähe der Treppe. Draußen ist die Abendluft noch heiß, aber es sind keine Geräusche von Vögeln oder anderen Lebewesen zu vernehmen. Der Ort ist opulent wie ein Bild und still wie ein Grab.

Khan trägt mich aus dem Schiff in den Palast. Das Gefühl der Angst verstärkt sich, als er die stillen Hallen zwischen den riesigen Säulen entlang schreitet. Glühende Kugeln hängen in der Luft und beleuchten unseren Weg.

Ich habe noch einen weiteren erschreckenden Gedanken: Er hat nicht mit mir geschlafen, bevor wir hierherkamen. Er hat mich nicht mit seinem Geruch markiert. Warum nicht? Macht er sich keine Sorgen, dass ein anderer Alpha mich entführt, so wie er es früher getan hat?

Wir gehen auf demselben Weg zurück zu denselben Türen, die zum Ratssaal führen - oder wenigstens zu einer identischen Tür. Seine Schritte werden schwerfälliger und stocken einen Moment, doch dann öffnen sich die Türflügel langsam und automatisch.

In dieser Raum stehen kein runder Tisch und keine Stühle. In der Ecke schweben es ein paar leuchtende Kugeln, aber sie zeigen hauptsächlich Betas in Roben. Ich erkenne die Betas jetzt leichter - sie sind von kleinerer Statur. Der oberste Beta hat lila Gewänder, lange, spinnenartige Finger und eine Glatze. Er steht vor einem riesigen spiegelähnlichen Ding in einem goldenen Rahmen. Anstelle von Glas gibt es eine milchig-weiße Substanz, die sich wie Nebel bewegt und eine dicke Wand zwischen den vergoldeten Kanten bildet.

Khan schreitet herein und stellt sich vor das unheimliche Spiegelding. Der oberste Beta und alle anderen verbeugen sich tief.

„König der Wanderer".

Khan erwidert nichts und setzt mich nicht ab.

„Khan." Aurus tritt ein, so groß und breit, wie ich ihn in Erinnerung habe. Sein Haar ist kurz geschoren und mit seinem gepanzerten Brustharnisch sieht er aus wie ein schicker Gladiator. Er verneigt sich feierlich, respektvoller als ich ihn je gesehen habe. „König-der-die-Omegas-gefunden-hat". Er sagt es wie einen Titel. Das ist neu. Dann dreht er sich zu mir um. „Omega." Er verbeugt sich noch ein bisschen tiefer.

„Was hast du herausgefunden?", fragt Khan und klingt ungeduldig. Mein Alpha legt keinen Wert auf Förmlichkeit. Was ich bevorzuge. *Mein Alpha.* Komisch, wie viel sich verändert hat. Wie schnell ich Khan als den meinen betrachte. Ich bin froh, dass ich bei Khan gelandet bin und nicht bei Aurus. Oder einem anderen wie den Steinkönig. *Schauder.*

Aurus nickt dem Magier im purpurnen Gewand zu, der aufsteht und sich räuspert. Ich habe Khan über die Magier ausgefragt, doch nie eine klare Antwort bekommen. Er scheint sich nicht allzu sehr für die Details ihrer Arbeit zu interessieren. Magier scheinen so etwas wie eine Kreuzung zwischen Wissenschaftlern und Ingenieuren zu sein. Aber ihre Technik ist für die Ulfarri wie Magie.

„Wir haben die Position der Erde im Verhältnis zu den Monden berechnet", sagt der glatzköpfige Magier mit überraschend tiefer Stimme. „Sehr bald werden wir ausgerichtet sein."

„Das Portal wird den Durchgang zur Erde ermöglichen", betont Aurus.

Der Magier im purpurroten Gewand fügt überflüssigerweise hinzu: „Der Heimatplanet Eurer Omega."

Ich versteife mich in Khans Armen. *Die Erde.* Reden sie davon, menschliche Frauen hierherzuholen? Ich wusste, dass es passieren würde, aber ich wollte nicht dabei zusehen.

Ich fange an, mich zu wehren, und Khan schlingt seine Arme fester um mich.

„Die Reise durch das Portal funktioniert in beide Richtungen?", fragt er.

„Ja", bestätigt der Beta-Chef. „Sie wird so zurückkehren, wie sie hergekommen ist."

„Warte“, sage ich so laut, dass meine Stimme in dem schwach beleuchteten Raum widerhallt. „Zurückkehren?“ Bedeutet das, dass ich nach Hause kann?

Khan setzt mich ab und dreht mich so, dass ich ihn anschaue. Der düstere Blick auf seinen Zügen hat etwas Trauriges. Ich hatte also recht. „Willst du immer noch zur Erde zurückkehren?“

Die Antwort bleibt mir im Halse stecken. Natürlich will ich das? Oder nicht?

„Ist das dein Ernst?“ *Es gibt ein Portal. Das Unmögliche ist geschehen. Das ist eine gute Nachricht ... oder?* Ich lecke mir die trockenen Lippen. „Ich kann zurückgehen?“

Khan nickt langsam. „Wenn du das wünschst ...“

„Das Portal wird nur für einen kurzen Moment funktionieren“, unterbricht der Beta. „Es wird bald fertig sein. Sobald die Monde sich ausrichten.“ Während er spricht, bewegt sich der Nebel schnell in dem goldenen Rahmen. Die Betas in ihren Roben eilen umher, und es herrscht ein reges Treiben. Einige tragen Tafeln, die anderen gruppieren sich um die Tafelhalter, zeigen auf sie, nicken oder schütteln den Kopf.

Sie haben einen Weg zur Erde gefunden. Ich kann zurückgehen. Zurück in mein altes Leben. Zu meinem MacBook Air und meinem iPhone. Mein Arbeitstisch mit den Bleistiften in der Schublade, die ich selten benutze. Netflix. Normalität. Alles wird so sein, wie es war.

„Was ist mit dem Serum?“, will Khan von dem Beta wissen. Er klingt sehr ruhig. Es ist gut, dass er sich all diese Fragen ausdenkt. Ich versuche immer noch zu begreifen, was hier passiert. Ich wünschte, er hätte mich irgendwie vorgewarnt.

„Das Serum sollte inaktiv werden. Wir müssen eine Blutprobe nehmen, um sicherzugehen.“ Der Beta verneigt sich vor Khan. „Mit Eurer Erlaubnis?“ Es ist ärgerlich, dass der Beta Khan fragt und nicht mich.

Khan nickt zustimmend, und ich füge ausdrücklich hinzu: „Das ist okay“ und strecke meinen Arm aus, damit ein stummer Diener herantreten und eine Art silbernes Röhrchen an meinen Bizeps setzen kann. Es tut nicht weh, es erklingt nur ein zischendes Geräusch, dann schiebt der Beta das Röhrchen weg und eilt in die Ecke zu einem weiteren schicken silbernen Gerät, das eine Art tragbares Blutlabor sein muss.

Ich kann zurückkehren. Karamell-Lattes und Schokolade und Taco-Dienstage mit meinen Freunden. Ich habe noch nicht viele Freunde in den Staaten - die meisten Leute, die ich kenne, sind bei meiner Arbeit. Ich könnte es noch einmal im Club versuchen ...

Aber was ist mit Khan?

Ich werde dort sein, und Khan wird hierbleiben. *Khan ...* Automatisch greife ich nach ihm. Er nimmt meine Hand und hält sie locker, während die Betas hin und her huschen und darauf achten, dem Portal nicht zu nahe zu kommen. Der Obermagier ist der Einzige, der in der Nähe steht, und selbst er hält sich ein paar Meter entfernt.

„Bald ist es soweit. Du musst bereit sein“, sagt der Obermagier und winkt mich nach vorne.

„Okay. Ich werde bereit sein“, sage ich etwas atemlos. Meine Brust ist eng, als ich ein paar Schritte auf das Portal zugehe. Der Nebel hat sich zu einer trüben, silbrigen Substanz verfestigt, die wie Quecksilber aussieht. Immer noch verdammt unheimlich, aber angeblich führt es zurück nach Hause.

Nach Hause. Zurück zu heißem Kakao und dem Verkehr auf der I-95. Zurück zum Papierkram, um meinen Green-Card-Status zu behalten und zum Blockieren meiner schrecklichen Familie auf Facebook. Zurück zu meinem eintönigen Job und meiner schmuddeligen Wohnung.

Warte mal ...

Das Portal wird immer heller, jetzt zeigt es ein blasses, silbriges Blau. Es schimmert wie Wasser - oder wie ein hypnotischer metallischer Schleier. Dahinter bewegen sich Gestalten. Ich mache einen Schritt vorwärts und halte inne. Werde ich wirklich durch dieses Ding treten?

„Ist es sicher?", fragt Khan. „Ist es für ein Lebewesen ungefährlich, durch das Portal zu gehen?"

„Ja", sagt der Obermagier. Ein Untergebener eilt mit einer Tafel auf ihn zu, und er studiert sie. „Ja, es ist sicher für einen Menschen. Die Wahrscheinlichkeit, dass sie überlebt, ist hoch."

Autsch. Das hört sich nicht gut an. Aber das ist meine Chance, zurückzugehen ... kann ich ablehnen? Möchte ich das?

Ich beiße mir auf die Lippe. Kein Palast in den Bergen mehr. Keine bewegten Bilder mehr. Keine Brunft mehr. Ich muss mich in Clubs herumtreiben oder es mit Online-Dating versuchen, um meine Bedürfnisse zu befriedigen.

Kein Khan mehr.

Ich drücke seine Finger.

„Und was ist mit mir?", fragt Khan. „Wie hoch ist meine Überlebensrate?"

Der Obermagier schaut stirnrunzelnd auf sein Tablet. Fassungslos versuche ich, Khans Hand loszulassen, aber er gibt mich nicht frei. Er packt mich fester und verschränkt seine Finger mit meinen.

„Khan?" Meine Stimme ist rau, als ich mich zu ihm umdrehe, meine Kehle ist plötzlich wie zugeschnürt. Sein Duft umhüllt mich.

„Ich werde dich nicht verlassen", knurrt er. „Bitte mich nicht darum." Mit der freien Hand streicht er mir über die

Wange. „Hier in Ulfaria gibt es nichts für mich. Ohne *dich* gibt es nichts."

Ein Lichtblitz zuckt. Das Portal ist hell, mit einem weiß-blauen Lichtschein. Es ist, als würde man in ein Flutlicht schauen.

„Nicht mehr lang", ruft der Beta. „Es besteht eine geringe Chance, dass ein Ulfarri die Reise durch das Portal überlebt."

„Aber dein Volk? Dein Königreich?", platze ich heraus. Mein Herz klopft wie wild. Das geht alles so schnell, und ich fühle mich gehetzt. Unter Druck. Panisch.

„Ich werde einem anderen die Verantwortung überlassen."

Ich schaue zu Aurus. „Und die anderen Menschen? Die Frauen?"

Khan ergreift mein Kinn und lenkt meinen Blick auf ihn. „Die Menschenfrauen werden auf die eine oder andere Weise erworben werden. Ich kann das nicht verhindern. Ich kann dir jedoch das hier geben."

Der oberste Beta blickt von seinem Tablet auf und verkündet: „Die Überlebensrate für den Meee-Nsch liegt bei fünfundneunzig Komma zwei Prozent. Seid Ihr bereit, dieses Risiko einzugehen?"

„Ja", sage ich, denn ich habe keine Ahnung, doch ich will keine Möglichkeiten ausschließen. Fünfundneunzig Prozent ist nicht schlecht. Es ist nicht perfekt, aber ...

Der Beta wendet sich an Khan. „Die Überlebensrate für einen Ulfarri liegt bei zwanzig Komma neun Prozent."

„Was?" Ich verziehe mein Gesicht, während mir ein kalter Schauer der Angst den Rücken hinabrieselt. Das ist weniger als ein Viertel! „Nein!"

Khan knurrt und ergreift meine Hand. „Emma-"

„Ich rate Euch davon ab, durch das Portal zu reisen", fährt der oberste Beta fort. Sein nüchterner Tonfall ist nicht sonderlich aufbauend. „Die Luft wird Euch schwer zu schaffen machen. Wenn Ihr Euch dafür entscheiden und die Reise überlebt, müsst Ihr Euch nach der Ankunft auf der anderen Seite sofort in medizinische Behandlung begeben. Habt Ihr das verstanden?"

„Ich verstehe", erwidert Khan. Immer noch so ruhig. Neben der Traurigkeit, die ich in unserem Band schwingen spüre, entdecke ich noch etwas anderes. Resignation. Es bricht mir gleich das Herz.

„Das Portal ist fast fertig." Der Obermagier gibt sein Tablet aus der Hand. Er tritt zur Seite und gestikuliert wie eine priesterliche Vanna White. „Die Monde sind an ihrem Platz und bald ist es soweit."

„Warte, nein." Ich hebe eine Hand, um das pulsierende Licht auszublenden. „Du kannst nicht mitkommen. Ich kann dir keine medizinische Versorgung bieten." Ich bin mir ziemlich sicher, dass meine Krankenkasse nicht für ihn aufkommen wird. Selbst wenn Khans Anatomie der eines Menschen ähnelt, würden sie ihn in ein Labor stecken und ihn erforschen. „Was ist, wenn ich es nicht schaffe, ihm rechtzeitig medizinische Hilfe zukommen zu lassen?", frage ich. Mein Herz klopft jetzt gegen meine Rippen, ich kann kaum noch atmen.

„Dann wird er sterben", sagt der Magier in einem flachen Ton, als wäre er von dem Gespräch völlig gelangweilt. Für das Amt des Obermagiers ist anscheinend nicht viel Einfühlungsvermögen erforderlich.

Das Licht flackert.

„Das Portal ist bereit. Ihr habt eine Minute."

Khan tritt an meine Seite und hält immer noch meine Hand. „Bist du soweit?"

„Nein! Khan, du musst hierbleiben! Du kannst nicht mit mir kommen." Ich versuche, mich wegzudrehen, aber sein Griff ist wie aus Stahl. Es gibt kein Entkommen. Wenn ich gehe, wird er mir folgen. Ich kann ihn nicht aufhalten.

Das Portal ist ein riesiges Rechteck aus wogendem Licht. Auf der anderen Seite ist mein Zuhause - wenn man den Beta-Magiern Glauben schenken kann.

Zuhause, wo es eine Sonne gibt. Einen Mond. Und Steuern. Und geplatzte Schecks. Und Miete. Und dumme Chefs ...

Und Khan. Er wird mit mir durch das Portal treten und sich auf einen fremden Planeten wagen. Einfach so. Ich werde bezeugen, wie er das ultimative Opfer für mich bringt. Alles aufgibt, was er je gekannt hat. Für mich.

Und dann werde ich zusehen, wie er stirbt.

„Dreißig Sekunden“, sagt der Beta. Ich schmecke Blut. Ein Zwicken in meiner Lippe. Ich habe mich gebissen. Ein körperlicher Schmerz summt in unserem Band, und ich kann nicht ausmachen, ob es Khans Schmerz ist oder meiner.

„Emma.“ Khan streicht mit seinem Daumen über meine Wange. „Es ist Zeit.“ Und er treibt mich ein Stück vorwärts. Meine Schritte werden langsamer, je näher wir dem Portal kommen, meine Beine werden schwerer und schwerer. Mein Körper erinnert sich daran. Ich lasse alles Revue passieren, was passiert ist - in ein Schlammloch gesogen zu werden, in einem Käfig aufzuwachen. Das Auktionshaus und die Gerüche in der Scheune. Khan brüllt im Hintergrund, und mein Körper reagiert darauf.

Meine Haut kribbelt, und mir bricht der Schweiß aus. Kein Khan mehr. Kein Schnurren mehr. Keine Brunst mehr. Keine Liebe mehr. Ein Leben in Freiheit, öde und leer wie eine Wüste, erstreckt sich vor mir. Und ich will es nicht mehr. Ich wähle den Käfig.

Ich wirbele herum und greife mit meiner freien Hand nach Khans muskulösem Arm und halte ihn fest.

„Nein“, sage ich. Meine Handfläche ist glitschig und feucht, und mein Griff rutscht ein wenig ab. „Nein. Stopp.“

„Zehn Sekunden“, sagt der Beta.

„Das Portal schließt sich“, donnert Aurus hinter uns.

Aber ich ziehe Khan zurück. „Ich will das nicht.“ Ich grabe meine Nägel in seine Muskeln, sein rauchiger Schokoladenduft füllt meine Nasenlöcher. Der Gedanke, ihn nie wieder zu riechen, ist fast mein Verderben. „Ich will nicht ohne dich leben!“

„Emma-“ Khans Gesicht und Oberkörper werden von der Fackel erfasst, seine violette Haut verblasst und seine dunklen Tätowierungen heben sich deutlich ab. Der Druck der Luft erstickt mich. Mein Blut dröhnt in meinen Ohren. Hat sich das Portal geöffnet und uns verschluckt? Sind wir hineingefallen? Wir könnten sterben. Dies könnte der letzte Moment meines Lebens sein, und ich muss sicherstellen, dass Khan es weiß.

„Dich“, rufe ich, als das Licht des Portals uns überflutet, mich blendet und den Alpha vor mir verschwinden lässt. „Ich wähle dich!“ Die Helligkeit ist so stark, dass sie meinen Körper beinah schweben lässt. Ich kann Khan immer noch spüren und umklammere ihn, während ich in der Luft treibe. Ein tosender Windstoß zermalmt meine Ohren, jede Zelle in mir richtet sich auf und schreit - und dann wird die Welt dunkel.

EINUNDZWANZIGSTES KAPITEL

Emma

„Emma, Emma“, ruft eine tiefe Stimme leise. Es ist Khan. Ich liege auf seinem Schoß. Er riecht nach Schokolade und Kiefern und nach einem Lagerfeuer unter den endlosen Sternen.

„Khan?“ Ich blinzle und versuche etwas zu erkennen, aber meine Augen brennen ein wenig, als hätte ich zu lange in die Sonne geschaut. „Was ist passiert?“

„Du bist ohnmächtig geworden.“

„Wo bin ich?“

„Altrim. Zurück in meinem Palast.“ Ein weiches, feuchtes Tuch berührt sanft meine Stirn und Wangen, bevor Khan es wegzieht. „Das Portal hat sich geschlossen. Es gab nichts, was wir tun konnten. Also habe ich dich hierhergebracht.“

„Geht es dir gut?“, frage ich. Ich reiße meine Augen ein wenig weiter auf. Ich muss ihn sehen. Ruhe schwingt durch das Band und besänftigt mich, aber ich muss trotzdem meinen Alpha sehen. Ich brauche die Gewissheit.

„Ja, kleine Omega." Sein Mundwinkel verzieht sich zu einem amüsierten Grinsen. „Mir geht es gut, weil du in Sicherheit bist."

„Sind wir zu Hause?" Meine Stimme bricht bei dem letzten Wort.

Eine Falte erscheint auf seiner Stirn, bevor sie sich wieder glättet. „Ja, Emma." Er streichelt meine Wange. „Wir sind zu Hause."

„Du wolltest mit mir gehen ..." Ich gerate ins Stocken und versuche, die Ungeheuerlichkeit der letzten Stunden zu begreifen. Khan war bereit, alles für mich aufzugeben. Er hatte sein ganzes Leben damit verbracht, eine Omega-Frau zu suchen, mit der er eine Familie gründen konnte, und dann fand er mich ... und doch ...

„Das wollte ich." Sein schroffes Gesicht ist von einem Lächeln umspielt, aber unter seinen glitzernden Augen liegen dunkle Ringe. „Ich habe dir gesagt, dass nichts hier ohne dich einen Sinn hat."

„Du hättest sterben können." Die Erkenntnis trifft mich dann tatsächlich, und ich unterdrücke ein Schluchzen.

„Ein Risiko, das ich bereit war einzugehen." Er streckt die Hand aus und wischt mir die Träne von der Wange. „Du bist meine Gefährtin, Emma. Meine Seelenverwandte. Wir finden nur eine im Leben - die meisten erlangen nicht einmal das. Viele glauben nicht einmal an die Existenz einer Seelenverwandtschaft, aber als ich dich traf, wusste ich es."

„Und deine Erben? Was ist mit der Notwendigkeit, die Alpha-Armee aufzufüllen?"

Er schenkt mir ein schiefes Grinsen. „Ich hätte sowieso nicht erwartet, dass du eine ganze Armee gebären würdest", sagt er. „Jetzt, da wir einen Weg gefunden haben, Omegas zu bekommen, können die anderen Könige mit ihnen das Überleben unserer Rasse sichern. Sie werden Alpha- und Omega-Babys gebären, die ihrerseits heranwachsen und neue erzeugen. Und so weiter."

„Du warst wirklich gewillt, dieses Opfer zu bringen. Für mich ..." Ich führe eher Selbstgespräche, als dass ich ihm eine direkte Frage stelle. Ich kenne die Antwort bereits. Er hat es bewiesen.

Und ich habe das Gefühl, mein Herz könnte explodieren. Mir war nicht bewusst, dass ich ihn liebe - wirklich liebe - bis der Magier sagte, dass er sterben könnte, wenn er durch das Portal geht.

„Khan ...", setze ich an. Er muss es wissen. „Als dieser Beta mitteilte, du hättest nur eine zwanzigprozentige Überlebenschance, wurde mir etwas klar."

„Was war es?" In seinen Augen liegt eine unendliche Zärtlichkeit, aber auch etwas anderes. Ein wissendes Schimmern.

„Ich liebe dich." Ich schaue weg, plötzlich verunsichert. „Und ich hatte noch einen verrückten Gedanken ..." *Kann ich es ihm sagen?* Ich wollte es mir selbst kaum eingestehen.

„Ja?", fragt er, als ich nicht weiterrede.

Ich nehme einen tiefen Atemzug. „Ich habe mir irgendwie gewünscht, schwanger zu sein, damit ich wenigstens noch einen Teil von dir habe, wenn du weg bist."

Die Reaktion von Khan überrascht mich. Anstatt schockiert oder erfreut zu sein, hebt er nur eine Augenbraue. „Ist das so?"

Ich nicke.

Er ergreift meine Hand und drückt sie. „Es gibt etwas, das ich dir jetzt sagen muss", antwortet er, „und es könnte dich beunruhigen. Willst du, dass ich schnurre?"

Mein Herz beginnt zu klopfen, und ich spüre die ersten Anzeichen der Panik. „Nein. Sag es mir einfach."

„Du bist schwanger", sagt er - und zu seiner Verteidigung,

er sieht überhaupt nicht selbstgefällig aus. Nur verdammt ängstlich.

Ich kann meinen Ohren kaum trauen. „Woher weißt du das?“, krächze ich.

„Du bist ohnmächtig geworden, bevor wir durch das Portal gehen konnten. Ich habe dich von den Magiern durchchecken lassen. Ich dachte, es läge nur daran, dass die Menstruation für Omegas schwierig ist - und für Menschenfrauen vielleicht noch schwieriger. Du hast nichts gegessen, abgenommen und warst die ganze Zeit müde ...“

Ich wusste bereits, dass er das bemerkt hatte, aber erst jetzt erkenne ich, dass die Zeichen dafür, wie sehr er sich um mich sorgt, die ganze Zeit da waren. Ich hatte nur zu viel Heimweh und war zu sehr in meinem eigenen Elend gefangen, um sie zu deuten.

„Ich bin schwanger?“ Instinktiv legte ich eine Hand auf den Bauch. „Oh, Gott.“

„Es tut mir so leid, Emma.“ Er sieht aufrichtig verärgert aus. „So sehr ich das auch wollte, jetzt, da ich weiß, wie vehement du nicht ...“ Seine Stimme wird leiser.

Ich studiere sein markantes, vertrautes Gesicht - das Gesicht, das ich vor Wut, Lust und eiskalter Brutalität verzerrt gesehen habe, als er sich bei der Auktion durch die Aliens hackte. Vorsichtig sondiere ich meine Gefühle für das, was er mir gerade erzählt hat. Ich bin nicht annähernd so erschrocken, wie ich dachte.

„Es ist okay“, teile ich ihm mit. „Ich bin nicht sauer. Je länger ich darüber nachdenke, desto klarer wird mir, dass ich mich eigentlich freue.“ Während ich das sage, wird mir bewusst, dass es die Wahrheit ist. Nur weil ich ein Baby bekomme, heißt das nicht, dass ich meine andere Liebe aufgeben muss: die Malerei. Ich werde kein Heimchen am Herd mit einem Versager-Vater sein, der mich wie Dreck behandelt - falls er überhaupt noch da ist. Ich werde nicht meine Karriere opfern müssen, um ein Kind großzuziehen. *Das* war es, wovor ich wirklich Angst hatte. Nicht davor, tatsächlich Kinder zu haben.

„Ernsthaft?" Sein Gesicht leuchtet vor unvermittelter, aufrichtiger Freude. Es ist, als ob in ihm eine Lampe angezündet worden wäre. „Du freust dich?"

„Ja, das tue ich." Das ist die Wahrheit. Ich darf nicht nur mit meinem Gefährten zusammen sein - der mich so sehr liebt, dass er sogar für mich sterben würde, verdammt noch mal, sondern ich darf ihm auch seinen größten Wunsch erfüllen. Seinen Herzenswunsch.

Das Bild eines Mini-Khans blitzt in meinem Kopf auf. Oder vielleicht wird es ein kleines Mädchen sein. Wird sie meine Haut haben oder seine? Wessen Augen? Wird sie die Ulfarri-Tätowierungen haben? Dann gerate ich in Panik. „Aber können wir überhaupt ... ich meine, wird es lebensfähig sein?" Ich benutze den klinischsten Begriff, der mir einfällt, um mich von dem schrecklichen Gedanken zu distanzieren, dass unsere Gene eventuell einfach nicht kompatibel sind.

„Die Magier versichern mir, dass du ein gesundes Kind zur Welt bringen wirst - oder zumindest hast du eine ebenso große Chance darauf wie jede andere menschliche oder Ulfarri-Frau im fruchtbaren Alter." Tiefe Sorge blitzt kurz in seinem Gesicht auf, aber ich fange sie trotzdem auf und weiß, dass er an seine Mutter denkt. „Du musst dich nur um dich selbst kümmern. Ich muss Sorge um dich tragen."

„Das tust du bereits", erwidere ich und drücke seine Hand.

„Ich liebe dich, kleine Emma", sagt er, und obwohl ich schon wusste, was er für mich empfindet, treibt es mir noch mehr Tränen in die Augen, wenn ich höre, dass er diese Worte tatsächlich ausspricht. Tränen der Freude.

„Ich liebe dich auch", antworte ich.

Er beugt sich vor und küsst mich, nicht mit der üblichen Wildheit und animalischen Lust, sondern mit einer Zärtlichkeit, die mein Herz schmerzen lässt. „Jetzt schlaf", sagt er und streicht mir mit der Hand über die Augen, damit ich sie schließe. „Du bist in Sicherheit. Du bist zu Hause. Und ich bin hier."

Ich atme tief ein und nehme seinen rauchigen Kieferndùft wahr.

Khan beginnt zu schnurren.

EPILOG

Emma

Der Sonnenuntergang ist eine magische Zeit in meinem Malatelier. Das Licht strömt in meine ruhige Ecke des Palastes und lässt die Luft schimmern. Die mystische Stunde. Der perfekte Abschluss meiner Malsitzung - und meines Tages.

Ich gehe ein paar Schritte und tauche die Füße in das kühle Wasser, das durch den gemeißelten Kanal plätschert. Der Bach fließt zu einem Infinity-Pool am Rande der großen Plattform und fällt dann auf eine weitere Plattform darunter. Jenseits des Infinity-Pools ist der Himmel lavendelfarben und geht am Horizont in ein bläuliches Violett über.

Ich dehne mich und lockere meine angespannten Muskeln. Ich male schon seit Stunden in dem Atelier, aber es fühlt sich an wie ein Wimpernschlag. Ich würde nicht bemerken, wie die Zeit vergeht, wäre da nicht der Sonnenuntergang und die Schwere in meinen Brüsten.

Ein winziger Schrei ertönt, und meine Milch läuft aus, sodass ich mir auf die Lippe beiße. Ich wirbele herum, als sich ein steinernes Stück der Wand zur Seite schiebt und einen Durchgang freigibt. Khan tritt hindurch mit einem winzigen Bündel in der Hand.

Unsere Tochter.

Mein Gefährte durchquert zügig den riesigen Raum, vorbei an den Leinwänden, die ich an die hoch aufragenden Wände gelehnt habe.

„Ich habe mich so lange wie möglich ferngehalten", sagt er mit entschuldigendem Tonfall. „Aber jetzt verlangt sie nach dir."

Ich lehne mich zurück, damit ich in meinem bequemsten Stuhl sitzen kann, und löse die Klammer am oberen Ende meines Kleides. Der Stoff fällt herunter und gibt den Blick auf meine Brüste frei. Die Kleidung der Ulfarri ist sehr bequem und gut geschnitten, besonders für stillende Omegas.

Als Khan mich erreicht, bin ich bereit, meine Tochter zu stillen. Ich strecke die Arme nach ihr aus. Er legt mir unsere Kleine in die Arme und ich seufze zufrieden. Die letzte Anspannung in den Schultern löst sich auf.

„Da bist du ja", murmle ich und löse die mitternachtsblaue Decke meines Babys, damit sie ihren Kopf drehen und die Brustwarze finden kann. Ihr winziges Gesicht verzieht sich, dann entspannt es sich, als die Milch fließt. Ihre kleine Faust ruht auf der Wölbung meiner Brust.

Die Haut unserer Tochter hat eine sehr blasse lavendelfarbene Tönung - wie der Teil des Himmels, der der hellsten Sonne Ulfarias am nächsten ist. Ihr Haar ist hellblau. Die Farbe des Himmels über der Erde. Erde und Ulfaria verschmolzen - das ist Emilia. Das Beste von Khan und mir.

Ich lege sie an meine linke Brust, und sie wimmert. „Sei still, Kleines", beruhige ich sie. „Es wird alles gut werden."

Mein Mann wacht über uns beide, seine gewaltige Größe wirft einen Schatten auf unsere Gesichter. Sein behutsames Schweigen gibt mir ein Gefühl der Sicherheit. Khan weicht nur selten von meiner Seite, außer um mich malen zu lassen.

„Mama hat dich gemalt", murmle ich unserer Tochter zu und nicke dann Khan zu. „Guck mal. Ich habe ein weiteres Porträt angefertigt."

Er dreht die Leinwand so, dass wir beide sie betrachten können. Wir drei schweben auf einem Skimmer über einem silbernen See. Hinter uns habe ich die Altrim-Berge gemalt, die sich in der Ferne erheben, ihre Erhabenheit dargestellt mit dicken Schrägstrichen aus Braun und Grün. Khan und ich lächeln, und unsere Kleidung flattert in einer unsichtbaren Brise.

„Diesmal ist es anders als beim letzten Mal", sagt Khan. Er runzelt die Stirn und legt den Kopf schief.

„Genau." Ich neige meinen Kopf und verstecke ein Lächeln an Emilias Kopf. Khan erweitert sein Wissen über Kunst. Die letzten Bilder, die ich gemalt habe, zeigten uns in einem Garten sitzend. Sie waren leicht und luftig, wie eine Mary Cassatt. Die fremden Farben meiner neuen Welt verliehen ihnen einen Hauch von Verspieltheit.

„Das gefällt mir." Er nickt der Leinwand zu und kehrt an meine Seite zurück. „Es vermittelt einen Sinn von ..."

„Prächtigkeit."

„Ja. Gut gemacht." Er fängt mein Grinsen auf und berührt meine Wange. Er braucht Zeit, um alle meine Bilder zu studieren und seine Zustimmung zu murmeln. Aber sobald er den seltsamen Aberglauben der Ulfarri über das Zeichnen von lebenden Geschöpfen überwunden hat, war er offensichtlich erfreut, als ich begann, ihn zu malen. Das muss eine Alphasache sein. Ihre Egos könnten die Sonnen antreiben.

Aurus sollte besser nicht herausfinden, dass ich Porträts anfertige. Er würde darum betteln, ein lebensgroßes von sich zu bekommen. Oder ein riesiges, das er an eine Wand seines Palastes hängen kann. Ich müsste es hundertmal so groß wie er machen, bevor er zufrieden wäre.

Nicht, dass wir in letzter Zeit viel von Aurus gehört hätten. Er ist zu sehr mit seiner Omega beschäftigt.

Der Mund meiner Tochter erschlafft an meiner Brust. Sie zieht sich mit einem Seufzer zurück und gibt ein entzückendes kleines Bäuerchen von sich.

„So, jetzt", murmle ich. „Hat Daddy dich erschöpft?" Emilias Augen flattern zu.

Khan nimmt sie und schlendert zurück in unser Schlafzimmer, wobei er dem Baby den Rücken tätschelt. Ich folge ihm aus meinem Atelier und in unser großes Gemach. Emilia ist eingeschlafen, bevor Khan ihr Kinderbett erreicht.

„Wir haben ein paar Stunden", sagt er, wickelt sie fest ein und legt sie hin. Ihr blasses, lilafarbenes Gesicht lugt aus der mitternachtsblauen Decke hervor. Kleiner Baby-Burrito.

Khan dreht sich um, seine breiten Schultern versperren mir die Sicht. Die Hitze in seinen dunklen Augen lässt meine Schritte stocken und schickt einen Schuss Erregung durch mein Inneres. Sein Geruch umgibt mich, und ich spüre bereits, wie mein Saft an den Innenschenkeln herunterläuft.

Ein paar Schritte und schon hat er mich an seine feste Brust gedrückt. „Bist du müde?", murmelt er.

„Nein." Ich schlinge die Arme um seinen Hals und ziehe den Kopf ein, um seinen Moschusduft einzuatmen. Sein blauschwarzes Haar streift über mein Gesicht. Sein Duft ist heute zimtig und vertieft sich in die köstliche Fülle seines üblichen Schokoladengeruchs.

„Hast du Hunger?" Immer noch mit mir im Arm verlässt er das Zimmer unserer Tochter und geht zu einem mit Essen gedeckten Tisch. „Durstig?"

„Nein." Meine Stimme ist dunkel und heiser. Ich fahre mit

den Fingern tiefer in sein dunkles Haar, damit die Nägel leicht an seiner Kopfhaut kratzen können.

Khan wechselt die Richtung und steuert auf unser Schlafzimmer zu. Zu unserem Nest. Sein Knurren durchdringt mich, und mein Körper reagiert darauf, mein Kitzler pulsiert. Ich drehe mich in seinen Armen, verändere die Haltung, sodass ich gegen ihn gepresst werde. Mein fließendes Kleid rutscht zu meinen Hüften hoch, als ich die Beine um ihn schlinge. Und dann fallen wir auf das Bett. Er liegt natürlich oben, sein kräftiger Körper bedeckt mich. Starke Hände ergreifen meine Handgelenke und halten sie über meinem Kopf fest.

„Meine Emma", schnurrt er. „Mein."

„Dein", hauche ich, kurz bevor sich seine Lippen auf die meinen legen.

EBENFALLS VON LEE SAVINO

Zeitgenössische Romanzen

Die Schöne und die Holzfäller
Nach dieser Holzfällersaison gebe ich den Sex auf. Aus... Gründen.

Der Soldat, der mich verführt
Mein heißer Marine-Held will, dass ich ihn Daddy nenne ...

Ihre Daddys – zwei Rivalen
Zwei Väter sind besser als einer.

Unschuld mit Stasia Black (Eine dunkle Liebesgeschichte)
Ich bin der König der kriminellen Unterwelt. Ich bekomme immer, was ich will.
Und sie ist meine Besessenheit.

Die Gefangene des Biestes: Eine dunkle Romanze (Die Liebe des Biestes 1)
Vor Jahren hat mich Daphnes Vater bestohlen.

Jetzt ist es Zeit für sie, die Schuld ihrer Familie zu begleichen ... mit ihrem Körper

.

Paranormale Romanzen

Verkauft an die Berserker
Diese wilden Krieger schrecken vor nichts zurück, um ihre Partnerin zu erobern.

Draekons mit Lili Zander (Eine Sci-Fi Dreierbeziehung Romanze)

Draekon Gefährtin

Abgestürztes Raumschiff. Ein Gefangenen-Planet. Zwei große, hünenhafte, bronzefarbene Aliens, die sich in Drachen verwandeln. Und das Beste daran? Die Drachen bestehen darauf, dass ich ihr Kumpel bin.

Alphas Versuchung: Eine Milliardär-Werwolf-Romanze
Date niemals einen Werwolf.

ÜBER DEN AUTOR

Lee Savino hat Pläne, die Welt zu erobern, kann aber an den meisten Tagen weder ihre Schlüssel noch ihr Telefon finden, also bleibt sie einfach zu Hause und schreibt smexy (smart + sexy) Liebesromane. Sie liebt Schokolade, lebt in Yogahosen und sieht mit Hüten toll aus.

Für tonnenweise verrückten Spaß, treten Sie ihrer *Goddess Group* auf Facebook bei oder besuchen Sie www.leesavino.-com, um sich in ihre Mailingliste einzutragen und ein kostenloses Buch zu erhalten.

Website: www.leesavino.com

Facebook-Goddess-Group:
https://www.facebook.com/groups/LeeSavino/

ÜBER DEN AUTOR

Die USA Today-Bestsellerautorin Tabitha Black schreibt seit über fünfzehn Jahren heiße Liebesromane mit Kink. Während ihre ersten

Bücher noch historisch waren, entdeckte sie die Freude am Schreiben zeitgenössischer Bücher mit einem

BDSM-Hintergrund sowie Dark Romance Elementen. Ihre neusten Vorstöße

in die dunkle paranormale Romantik führten sie schließlich in die faszinierende Welt der m/f Omega-Abhängigkeit.

Sie hat eine Schwäche für guten Kaffee, starke, dominante Männer und Tattoos.

Tabitha liebt es, Post zu bekommen, wenn du ihr also eine Nachricht schreiben möchtest, kannst du dies bitte unter tabitha_black@hotmail.com tun. Du kannst dich auch für ihren Newsletter anmelden, ihr auf BookBub folgen oder ihrer Facebook-Seite beitreten. Vielen Dank fürs Lesen!

IMPRESSUM

Printed in Poland
by Amazon Fulfillment
Poland Sp. z o.o., Wrocław

35296832R10121